在無人車站等你

無人駅で君を待っている

I'm waiting for you at the unmanned station

戊淳

王蘊潔・譯

當太陽西沉時，天空將被晚霞染成一片橘色。
從位在高地上的寸座車站，可以眺望一望無際的天空，和濱名湖的水平線。
坐在無人車站的長椅上，專心想念朝思暮想的人。
將美好的回憶和感謝銘記在心，讓痛苦後悔飛向天空和大海。

「我想見你。」

沒有一片雲彩的黃昏，或許會把真心的祈願帶向天空。
當遠處傳來鐵軌聲時，金黃色的列車就會現身。
那是暖心奇蹟即將到來的預兆。

你有沒有想見，卻再也見不到的人？
如果可以再次相見，你會對他說什麼？

你在等待晚霞列車嗎？

目錄

第一章 我的朋友

「媽媽最討厭！」

我說著不知道已經嘀咕了幾次的這句話，大步走下坡道。

暮色籠罩四月的天空，從寸座坡頂端看到的濱名湖顏色越來越深。新買的球鞋鞋尖已經髒了，但是我仍然特別用力踩在地上，發洩內心的怒氣。

時序才剛邁入春天，額頭上已經滲著汗。留長的瀏海黏在額頭上，似乎更助長內心的憤怒。

成為高中一年級的學生固然很高興，但最近諸事不順。雖然原因各式各樣，但其中家庭因素佔了大部分。

忘了從什麼時候開始，在家裡的時間很痛苦。雖然家裡只有三個人，但只要聚在一起，就彷彿有股濃重的濕黏氣息在空中漫延

家人之間不再心平氣和聊天，媽媽經常把還很遙遠的『考大學』這個字眼掛在嘴上，逼迫我要認真讀書。平時總是板著一張臭臉看報紙的爸爸，只有在這個時候為媽媽助陣，和媽媽一起嘮嘮叨叨。

他們對著已經懶得答理的我所發出的嘆息聲，讓家中的氣氛變得更加沉

悶。我覺得已經很久沒有聽到從他們嘴裡說出抱怨以外的話了。

夠了沒有！我好幾次都忍不住想要大叫。不要把你們夫妻失和的怨氣發洩到我頭上。

一路發著牢騷，用力跺地走在路上，怒氣漸漸被柏油路面吸收，心情慢慢平靜下來。

當寸座車站出現在右側時，沮喪的心情變得強烈。一如往常。在這樣的黃昏時分，越往坡道下方，周圍的光線就越暗。來到車站旁時，我放慢腳步。

天龍濱名湖鐵路的寸座車站靜靜地佇立在公車站後方，質樸的車站只有一座長約五十公尺的月台，以及寫著車站名的牌子，還有一間看起來像組合屋的站房。

從人行道穿越碎石子路，就可以來到月台。小花圃內不知名的黃色花朵在風中搖晃著腦袋。平時眼中惹人憐愛的景象，會因為心境的不同，每次都有不同的印象。在今天的憂鬱心情下，那些花看起來有一種悽楚的感覺。

這裡每個小時只有一班列車經過，因此寸座車站一直以來都是沒有站務員的無人車站。

聽說除了寸座車站以外，天龍濱名湖鐵路沿線有很多無人車站。這裡離濱松車站很遠，公車的班次很少。這一帶居住人口持續減少，我就讀的那所公立高中，每個年級只有三個班級。

「唉！」

我發出了嘆息聲，在車站外的木製長椅上坐下。那是一張沒有椅背的橢圓形長椅，後方的木頭牌子上寫著這張長椅名叫「相聚椅」。雖然還有說明的文字，但是經過風吹雨打後變淡的文字，已經看不清了。

風吹起齊肩的長髮。四月根本就不是春天，尤其是向晚時分，瀰漫著冬天的空氣，氣溫仍然很低。

車站位在高地，可以眺望濱名湖。我在濱松市出生、長大，濱名湖早就看膩了，但是每次一氣之下衝出家門時，都會來這裡。

遼闊的天空一望無際，白雲慢慢飄向遠方。下方幾棟民宅的後方，是無數漣漪閃著波光的湖面。濱名湖太大了，很多外縣市的遊客都以為是海。

事實上，我小時候也以為這是一片大海。我記得小時候經常和爸爸、媽媽一起在濱名湖旁的縣道散步……最近他們兩個人整天都眉頭深鎖，這些記憶已變得模糊，這令我心情沮喪，也讓我對他們產生反彈。

我想來這裡看這片景色，也許是想尋求某種鎮定的效果。看著漸漸沉落的夕陽映照湖面，開始想要回家。

每次當我回家時，父母的情緒都已經平靜。

這幾個月來，來這裡的頻率似乎有點高。根據我的分析，六成是因為媽媽的關係，三成是因為我自己，還有一成是爸爸。尤其最近的媽媽，我對她的印象只剩下生氣了。

她為什麼會這麼囉唆？

她每天的興趣就是關心我的一舉一動，我好像二十四小時都被監視。她把我當成小孩子，但下一剎那，她又開始數落什麼『妳已經是高中生了』。

我沒有任何志向，對我來說，「未來」太遙遠，簡直就像在地平線的彼端。我覺得每天只要能夠開心過日子就好……

我縮著身體，嘟著嘴巴，看到一隻鳥從我眼前飛過。真希望可以像那隻鳥一樣自由自在。天空這麼遼闊，但這個地方太狹小，到處都令人窒息。我希望至少可以讀一所離家很遠的學校，減少在家的時間，這樣對大家都好。

放在裙子口袋裡的手機震動起來。這是今年過年才終於買給我的手機，是我的第一支手機。我想起今天吵架的起因，就是從媽媽抱怨『用手機的時間太長』開始的。

手機螢幕上出現「彩夏」的名字，顯示來電的燈光閃爍著。

我按下通話鍵，把手機放在耳朵旁。

『步未，妳在幹嘛？』

電話中傳來一個開朗的聲音。彩夏是我從小到大的玩伴，她就住在我家附近，對獨生女的我來說，她就像是和我同年的姊妹。有時候我是姊姊，有時候她是姊姊。我們一起考上了同一所高中，只可惜沒有分在同一個班級，但我們仍然經常電話聯絡。

「沒有啊……沒在幹嘛。」

雖然接到她的電話很高興，但我用悶悶不樂的聲音回答後，彩夏哈哈大笑起來。

『聽妳說話的聲音這麼有氣無力，八成是又和妳媽吵架了。』

「……哪有這種事。」

『那就是有，也不想想我聽過多少妳抱怨妳媽的話。』

被她猜中了。我真的這麼容易被人看穿嗎？

我一時語塞，彩夏又接著問：

『所以呢？今天吵架的原因是什麼？沒有洗便當盒嗎？』

「才不是，今天無論怎麼想，都是我媽在找碴。」

我在回答的同時，將視線移回濱名湖。湖面的漸層色彩比剛才更深了。

「我知道自己整天都在滑手機，但是她根本沒必要那麼凶。」

家裡有 Wi-Fi，上網不用額外支出，更何況我並沒有一天二十四小時都在看手機。

『原來是這樣，是手機的原因。妳媽媽最近真的管得特別嚴。』

彩夏的聲音就像是添上柴火，我感覺到原本逐漸平靜的怒氣再度燃燒起來。

「明明我爸爸自己整天沉迷手遊，我覺得他絕對有在課金。」

『嗯。』

「沒想到我一回到家裡，我媽就數落我，真的超煩。」

『父母不是都這樣嗎？』

「彩夏，妳根本不知道我媽有多囉唆。她有時間來管我，為什麼不好好和我爸爸溝通？唉，真是煩死了，真希望他們兩個人都消失。」

『好了好了，妳不要這麼激動。至少妳父母雙全啊。』

聽到彩夏的回答，我驚訝地打住。我想起彩夏的媽媽多年前搬離了家中。那時候我年紀還很小，記憶有點模糊，我記得她媽媽身材修長，笑容很親切。

在我們小學三年級暑假的某一天，彩夏突然告訴我：『我爸媽要離婚了。』她說話的語氣很輕鬆，簡直就像在聊天氣，我至今仍然記得自己當時的不知所措。我不想繼續談論這件事，試圖改變話題，彩夏若無其事地接受了……

聽我媽說，彩夏的媽媽很努力地爭取彩夏的監護權，但最後功敗垂成。之後，彩夏就和她父親一起生活。

我明明知道彩夏家的情況，卻說這種完全沒有考慮到她感受的話。

我不由得咬著嘴唇，聽到電話彼端傳來嘈雜的聲音。

「彩夏，妳在哪裡？」

我問她。

『喔，我在街上啊。』

彩夏滿不在乎地回答。

我們所說的「街上」，是指濱松車站附近。雖然同屬濱松市區，但必須搭公車和列車，才能去街上。

彩夏很少來學校。入學典禮和典禮的隔天，她都有來學校，除此以外，她出現在學校的次數屈指可數，我從同學聊的八卦中得知，她結交了一些不好的朋友。

彩夏從國二那一年開始慢慢改變。原本一頭黑色長直髮染成棕色，似乎學會化妝。每次見面，就發現她變得更豔麗，經常讓我感到無所適從。我突然開始擔心內心依然，只有外表改變的彩夏。

「妳在車站那裡幹嘛？」

『玩啊。』

她現在的回答也越來越簡潔。

「和誰在一起？」

『朋友。』

「哪個朋友？」

我窮追不捨，彩夏一笑。

『喂！妳不要一直問問題，比起我，妳要擔心自己才對。妳八成又在寸座車站吧？』

彩夏一語中的，我啞口無言。

『我就知道。天色已經暗了，不要再和妳媽嘔氣，趕快回家吧。』

「妳也一樣啊。」

我吐槽說，彩夏『呃！』了一聲。

『我又沒有和家人吵架。』

「妳在街上玩到深夜，早上才會起不來。遲到也得來學校。」

『但是去學校很無聊啊，我功課不好，又沒有朋友。』

彩夏說得好像頭頭是道，我抗議了。

「喂！我不是妳的朋友嗎？好過分。」

『啊哈哈，我不是這個意思。妳是我的好朋友，但是我們不同班，二班的人都不怎麼樣。』

「我想大家都很擔心妳。」

『妳開玩笑吧？他們又不瞭解我，怎麼可能有人會擔心我？』

暮色籠罩的天空已經不見粉紅色，漸漸變成藍色。濱名湖的顏色越來越暗。往掛川車站的列車即將進站，我不想被誤認為乘客，於是從長椅上站起來，從車站走向人行道。

附近的路燈很少，從這裡開始慢慢進入黑夜。快速從車旁駛過的車子打開了霧燈，讓我內心感到不安。

接下來該怎麼辦……？雖然我不想回家，但明天還要上學。

『步未。』

彩夏叫著我的名字。

「嗯？」

『我有一個提議。我等一下就去搭車，妳也回家，好不好？』

「……好，那我聽妳的。」

今天的彩夏扮演姊姊的角色。我聽從她的意見，點點頭，走向回家的方向。

『我們說好嘍，要馬上回家。』

「我知道，一言為定。」

彩夏像平時一樣，沒有說再見就掛上電話。彩夏做事向來都不拖泥帶水。

我看向右側，夕陽已經下山，山脈只剩下黑色的輪廓。我也回家吧。

我緩緩走上坡道，後方吹來的順風，讓我的腳步變得輕盈了些。每次和彩夏聊天，心情就可以恢復平靜。這種被人關心的安心感，讓我變得坦誠。

她是我很重要的朋友。

寸座站下一站的濱名湖佐久米站，是離我家最近的車站。這個車站位在濱名湖旁，每年冬天，就有很多紅嘴鷗聚集，這個車站因此出名。以濱名湖為背景，白色的海鷗飛來飛去的照片的確很美。

我家位在從車站沿著上山的路走十分鐘左右的地方，就讀的高中位在沿著這條山路繼續走大約二十分鐘左右的半山腰。那是一所小型公立高中，除了本地居民以外，很少會有人來讀這所學校，所以全校的學生都是熟面孔。

我們都稱上學是『爬山』。山路很陡，夏天的時候，上學的路上甚至需要隨時補充水分，所以光是走到學校，就已經累癱了。

我在校舍的換鞋處換上室內鞋，走上登山最後難關的樓梯。昨天走太多路了，小腿有點痠痛。

來到二樓的走廊，我經過自己一班的教室，去二班的教室張望。

「早安。」

我向附近的同學打招呼，看向彩夏位在窗邊的座位，沒有看到她的身影。正在等待主人的課桌在朝陽下，看起來有點落寞。彩夏經常在即將遲到的最後一刻衝進學校，所以我並沒有放棄期待。真希望她今天會來學校。

昨天通電話時，應該和她約定，今天要來學校上課。我為這件事感到後悔，於是決定先回自己的教室，等一下再來確認一次。

我的座位剛好在教室正中央。我坐下來後，把書包放在課桌上，悄悄看了手機。彩夏並沒有傳訊息給我。

「齊藤。」

聽到有人叫我的名字，我驚訝地抬起頭，發現有川站在我面前。

有川的中分瀏海和黑框眼鏡成為她的招牌特徵，她一大早就愁容滿面。

「那個……可以和妳說幾句話嗎？」

有川用嚴肅語氣說話時，通常必須提高警覺。也許因為她的父母都是老師的關係，她說話向來彬彬有禮，成績優秀。從讀小學時，就毛遂自薦擔任班級幹部，根據我多年的經驗，當她用這種語氣說話時，通常都是要指正別人的缺點。

有川不等我的回答，就側坐在我前面的空位上。她似乎打算好好說教一番。

我做好了心理準備，把書包掛在課桌側面，但是有川遲遲沒有開口。雖然我自認為沒有做任何需要被指正的事，但是很沒有自信。學校內禁止使用手機，也許她剛才看到我在看手機……

「請問妳要和我說什麼？」

我無法忍受眼前的沉默，忍不住問，有川才終於開了口。

「齊藤……妳是不是和隔壁班的恩田很要好？」

「恩田……喔，彩夏嗎？嗯，因為我們家住得很近。」

搞什麼嘛，原來不是為了我的事。緊張的心情放鬆了些，我對她笑笑，沒想到有川眉頭鎖得更緊了。

「那個……雖然我不願意說這種話，但是她很少來學校吧？」

「彩夏是自由人嘛。」

我真心認為「自由人」這三個字很適合用來形容彩夏。彩夏的視線永遠都看向外面的世界，只要是她有興趣的事，她都會去挑戰。她就是那種性格。

彩夏是行動派。小學四年級的寒假時，她拿著大人給她的壓歲錢，一個人去名古屋逛街買東西。去年暑假時，她自己搭深夜巴士去東京觀光。我擔心她的安全，忍不住罵她，她一臉納悶，感到不解。

『為什麼不可以做自己喜歡的事？』

我清楚記得她這麼說。

彩夏就像是紅嘴鷗。她和在這個小地方，過著更加壓抑生活的我不一樣，即使在這個狹小的世界，仍可以自由自在地生活。雖然我從來沒有說出口，但是我很擔心，有朝一日，她會離開我。

「這件事沒有人知道，妳想聽嗎？」

有川說話的聲音把我從思緒中拉回來。

我輕輕點了點頭，有川用食指推推眼鏡，將臉湊過來。

「昨天晚上，我們在濱松車站旁的一家餐廳吃飯，我爸爸撿到一個皮夾。」

「皮夾……」

我不知道她想要說什麼，皺起眉頭。這件事和彩夏有什麼關係？

「已經是晚上了，我們其實很想早點回家，但最後還是決定把皮夾送去警察局。」

離車站不遠處，有一間警察局。雖然我知道那間警察局，但從來沒去過。

我點著頭，從氣氛中感受到事態的發展很不妙。有川可能真的不想被別人聽到，所以比剛才更小聲對我說：

「我爸爸在櫃檯和警察說話時，有幾個人被警察帶進來。」

「呃……」

「我想他們應該是被少年警察隊輔導了。那幾個人都破口大罵……反正每個人都大吼大叫，表現出反抗的態度，感覺很可怕。」

有川閉口不語，目不轉睛地看著我，似乎欲言又止。我在她的示意下，只能開口問她：

「……彩夏也在其中嗎？」

有川大力點點頭，我不禁發出沉重的嘆息。

不祥的預感幾乎每次必中。昨晚彩夏和我通電話之後，仍然在街上玩樂。比起她被警察輔導，她沒有遵守約定這件事讓我更受打擊。

「被帶去警局……似乎不太好吧？」

有川從剛才就在思考該如何表達，我終於瞭解她想要表達的意思。

「……嗯。」

「聽說二班的班導師接到通知，外面已經傳開，說是我們學校的學生。我很早就認識恩田，不想說這種話，但是看到學校的風評變差，還是覺得有點不舒服……」

「……是啊。」

我在表示同意的同時，內心很不自在。我知道有川是基於好心告訴我這件事，但是聽到有人說彩夏的壞話，還是會很不甘心，同時也對當事人彩夏生氣。

「而且恩田很少來學校，這也是一個問題……」

「嗯，是啊。」

我感到坐立難安，把視線移向窗外，但因為離山很近，只能看到一小片天空。

「高中一年級是關鍵時期。」

關鍵時期。這幾個字已經聽了好幾年了。

「我覺得最好不要和素行不良的人來往……」

管得太寬了。

但是，我將視線移回有川身上，擠出笑容說：

「是啊，謝謝妳。」

我看著有川鬆了一口氣，回到自己的座位。

「早安，步未，妳們在聊什麼？」

走進教室的同學問我。

「沒什麼，在聊電視。」

我敷衍地回答，罪惡感讓我感到心痛。

星期天，我和彩夏約在寸座站見面。雖然佐久米站離我們兩個人的家更近，但彩夏說『不想遇到熟人』，所以每次都說要約在寸座站。

冬季的時候，這裡有很多來看紅嘴鷗的觀光客，但四月之後，紅嘴鷗都飛走了，完全不見遊客的身影，好像恢復熟悉的鄉村景象，既感到落寞，但也同時有一種安心的感覺。等到天氣變冷的十一月左右，紅嘴鷗才會再飛回來。

每天的生活甚至看不到不久之後的未來，感覺就像被迫參加了一場看不到終點的馬拉松比賽。不知道下一次冬天到來時，我在幹什麼……

我推著腳踏車，花了十五分鐘，爬上了通往寸座坡頂端的上坡道，然後騎著腳踏車一路下坡，來到了寸座站。一路騎過來，渾身冒汗，我脫下外套。

走進車站內轉了一圈，彩夏還沒來。

我坐在橢圓形長椅上，等身上的汗水變乾，聽到腳踏車輪子在柏油路面滑動的聲音，於是走回人行道。

「久等了。」

隨著煞車的聲音，彩夏的腳踏車停下。我看到她，一時說不出話。有一段時間沒見面，彩夏的頭髮顏色比之前更淺了，已經不是棕色，幾乎快接近金色了，眉毛細得像一條線。她穿了一套鮮豔粉紅色的運動衣褲，腳上的舊球鞋反而顯得很不搭調。

更令我驚訝的是彩夏的臉。

「眼睛怎麼了？」

雖然她的一頭長髮遮住臉，但是她的右眼周圍一片紫色，而且腫了。

「喔，我爸打的。」

她皺起眉頭，感覺很痛。

「啊……沒事吧？」

「他很囉唆。」

啊哈哈。彩夏笑著撐起腳踏車的腳架。我知道她在逞強。

「聽說……妳被輔導了，真的嗎？」

原本打算晚一點再問，但還是忍不住問出了口。

「呃！這麼快就被發現了。」

彩夏聳聳肩回答。我知道有川說的事是真的。是不是……彩夏的爸爸去警察局接她，然後就打了她？

「有人看到妳在警察局，她說消息傳開了……」

「我無所謂啊，想說的人就讓他們去說好了。」

彩夏滿不在乎地說，她沒有走進車站內，沿著坡道往下走了一小段路，走進通往右側的高架橋下。

「到底發生了什麼事？妳那天在電話中不是和我約好要回家了嗎？」

「我正想回家，結果就被逮到了。這個話題到此為止。」

看著她晃著一頭金髮走下坡道的身影，我很火大。我這麼擔心她，她這是什麼態度！

「彩夏，不能繼續這樣下去。」

「步未，這和妳沒關係。我已經說了，我不想談這個話題。」

「我們要好好聊一聊——」

「我已經說了不想聊，聽不懂嗎？」

彩夏用我從來沒有聽過的低沉聲音說道。我說不出話。她轉過頭，雙眼直直地瞪著我。

彩夏自己可能察覺到了，緩緩地搖著頭。

「……改天再和妳好好聊，今天就先饒了我。我很沮喪，有在反省了。」

「嗯……」

「先不說這些，跟我來，跟我來。」

彩夏拉起愣在原地的我，邁開步伐。明明從小就認識她，但是她一直在變。我總覺得彩夏身上我不認識的部分越來越大，有朝一日，她可能會完全不見。

坡道前方是馬路，對面就是濱名湖。和在車站看到的景色不同，水面不是淺藍色，而是很深的藍色。彩夏沿著馬路走向右方，我跟在她的身後。

「要去哪裡？」

「別問，跟我走就對了。」

彩夏吹著口哨，大步走向前。我跟在她的身後。她把頭髮染成這種明亮的顏色，一定無法去學校。就算她去了學校，老師也會把她趕出教室。到底該怎麼辦……？彩夏剛才拒絕的表情，仍然留在我心裡。

走了五分鐘左右，彩夏突然停下腳步，回頭看著我。

「就是這裡。」

彩夏指著一棟白色建築物。牆上寫著「海洋咖啡店」。我以前就看過這家店，但是從來沒有去過。

寬敞的停車場內只有兩輛車。彩夏為什麼要來這裡？

彩夏嘻嘻笑著，似乎在回答我內心的疑問。

「據說可以從這家咖啡店的主人口中聽到很驚人的事。」

「主人……？」

「就是店長。我們進去再說。」

「我們要去這家店嗎？我身上沒有帶很多錢……」

我記得皮夾裡的錢還不到五百圓。

「別擔心，我請客。」

「但是，這樣不好吧？」

「才不會，這裡的巨無霸布丁好吃到不行。」

彩夏毫不在意，推開店門走了進去。我是在說讓她請客不好，不是在說餐點不好啦……

我有點畏縮，但還是跟著彩夏走了進去。上午十一點過後的店內沒什麼客人，店內比我想像的更大，是以木頭為基調的小木屋風格，而且正前方的桌子上放著令人聯想到海洋的船舵、救生圈和繩索，牆上貼滿濱名湖的照片和海報，很符合店名。

彩夏快步走向窗邊的座位，我慌忙跟了上去。

「歡迎光臨。」

有點年紀的男人留著鬍子，看起來像是這家店的老闆。他把水杯放在我們面前，感覺像是白髮紳士。我不知道該如何反應，微微鞠躬，彩夏向老闆的方向探出身體。

「我想請教一件事。」

彩夏毫無怯色地說。我太驚訝了。

「請問要喝什麼？」

老闆嘴角露出笑容問。

「喔，對喔。我要冰咖啡，步未，妳呢？」

「我也……一樣就好。」

我察覺到彩夏看起來比平時更興奮。

她沒有看菜單就直接回答，老闆用原子筆寫在點菜單上。

目送老闆鞠躬離去之後，我納悶地問彩夏：

「這是怎麼回事？」

「啊，還是要點巨無霸布丁？」

彩夏瞪大眼睛問，我明確地對她搖搖頭。

「妳剛才說有趣的事是怎麼回事？」

「別急，別急。」

「我不是這個意思。」

「妳很快就知道了。」

我突然覺得彩夏把手放在桌子上，眺望湖面的側臉看起來很像大人。當她轉頭面對我時，腫起的右眼看起來很痛，我移開視線。

在街上玩到深夜的彩夏、在家和爸爸爭吵的彩夏。原本以為我們之間無話不聊，但是她從剛才開始，就一直閃爍其詞，顧左右而言他。我覺得好像看到了我不認識她的那一面，只能漫無目的地盯著桌上的小毛巾。

我們從什麼時候開始，變得無法正視彼此了呢？

店內用不會造成干擾的低音量播放著鋼琴爵士樂，窗邊放著小仙人掌和企鵝的擺設。

「喵嗚。」

身旁傳來叫聲。轉頭一看，一隻戴著黃色項圈的黑貓走了過來。牠的一身黑毛油亮，滾圓的眼睛很可愛。

黑貓走到我的腳邊坐下。可以聽到牠的喉嚨發出咕嚕咕嚕的聲音。

「有貓欸，好可愛。」我說。

「哼哼。」彩夏用鼻子發出笑聲，不感興趣地看向窗外。「我不喜歡貓。」

「我們小時候不是經常逗神社的三毛玩嗎？」

我家和彩夏家都沒有養寵物，但是小時候經常和住在神社的白貓三毛一起玩。三毛可能因為太胖了，整天都在睡覺，但是每次看到我們，就會慢吞吞走過來。只要想起神社，我就會想起三毛，那是我的重要回憶。

沒想到彩夏看著濱名湖說：

「我早就忘記了。」

黑貓一直抬頭看著我，我只要一伸手，就可以摸到牠，但是彩夏的話太讓我震驚，我呆住了。

飄來的咖啡香氣似乎填補了沉默的空間。

「步未，」彩夏突然開口，「我想成為紅嘴鷗。」

我的心臟用力跳了一下。因為每次想到彩夏，腦海中就會浮現紅嘴鷗在天空飛翔的樣子。

「……為什麼？」我問。

彩夏沒有看我，瞇眼看著濱名湖上方的藍天。

「我要像紅嘴鷗一樣，自由地在世界飛翔。到了冬天，就回來這裡，當春風吹起的時候，就要再次啟程。」

「妳現在不是已經很自由了嗎？」

我半開玩笑地說，彩夏微微揚起嘴角，下一剎那，落寞地低下頭。

「但是……我知道自己做不到。」

彩夏喃喃說著，用鼻子吐著氣。

「兩位久等了。」

老闆端著冰咖啡過來。他的年紀大約六十歲左右，灰色的圍裙很適合他。他把冰咖啡放在橡膠杯墊上，又把小糖漿壺放在杯子旁。彩夏很迫不及待，目不轉睛地看著老闆的臉。

「現在可以問了嗎？」

「請說。」

老闆把托盤放在身體前，恭敬地鞠躬。

彩夏用瀏海遮住右眼，問老闆：

「我想問關於『晚霞電車』的事。」

我第一次聽到這個名詞，輪流看著他們兩個人。老闆似乎一聽就馬上知道了，輕輕點點頭。

「不是晚霞電車，而是『晚霞列車』。天龍濱名湖鐵路並不是電車。」

「無所謂啦。我聽說了傳聞，聽說只要能夠看到晚霞列車，就會發生驚人的奇蹟。」

彩夏面對比她年長很多歲的老闆，但沒有使用敬語，讓我不知所措。

「真相如何不得而知，只是的確有這樣的傳說。」

「請你告訴我詳細的內容，我就是為了這件事來這裡。」

彩夏在冰咖啡裡加入大量糖漿和牛奶，用吸管粗暴地攪拌起來。黑貓似乎被嘎啦嘎啦的聲音嚇到，一溜煙逃走了。

「我也不是很清楚——」

老闆說了這句開場白後看向窗外。我順著他的視線看去，風在濱名湖的水面吹起無數漣漪。

「在萬里無雲的天空映照出晚霞的時間，坐在相聚椅上，發自內心思念真心想見的人，那個人就會搭著晚霞列車出現。這就是我聽說的內容。」

聽了老闆這番話，我忍不住鬆開咬在嘴裡的吸管。這簡直就像是電視劇的情節。我轉頭看向彩夏，她認真地注視著老闆。

「可以見到真心想見的人？即使對方是再也見不到的人？」

彩夏用低沉的聲音問，老闆不置可否。

「這就不知道了，我只是這麼聽說。畢竟是傳說嘛。」

老闆露出溫柔的眼神說完，突然想起似地補充。

「但是，聽說只有在晚霞消失之前的短暫時間才能見到，一旦夕陽下山，晚霞列車就會載著那個人，永遠消失。」

「……」

彩夏沒有再發問，緊緊抿著嘴唇，似乎在思考什麼。

爵士的音色滲透整個空間。

「這樣可以了嗎？」

老闆正準備鞠躬離開，彩夏猛然站起來說：

「等一下，拜託你，我還有一個問題。」

「是。」

「你認識曾經看到晚霞列車……實現願望的人嗎？」

「雖然我無法說出對方的姓名，但是我和那個人很熟。據那個人說，一輩子只能看到晚霞列車一次。一旦見到，就不會再有第二次。」

「這樣啊……」

入口的門打開，又有新的客人進來。

「歡迎光臨。」

老闆鞠躬後離開了。彩夏茫然地站在原地，我聽到她喃喃地說：

「……只能見到一次。」

「彩夏……？」

彩夏聽到我的聲音，似乎回過神，無力地坐下。喝了一口咖啡，苦味在嘴裡擴散，有一種好像從夢中醒來的感覺。

「啊？怎樣怎樣？剛才的是怎麼回事？」

我開玩笑問道，彩夏靦腆地笑笑。

「住在街上的朋友說『這是秘密』，然後偷偷告訴我這件事，還告訴我這家店。我原本有點半信半疑，沒有想到這個傳說是真的。」

她似乎有點興奮，臉都紅了。

「妳不是向來很討厭這種迷信嗎？」

「是啦。」

「既然這樣，為什麼來調查這件事？彩夏……我覺得妳最近有點怪怪的。」

我忍不住脫口而出。彩夏不僅不來學校上課，而且剛才突然生氣，又在調查這種事……我越來越不瞭解彩夏了。

「很煩欸。」

彩夏不悅地把臉轉向窗外。我覺得她真的會離我而去，所以很害怕，但是繼續說下去，可能又會惹她生氣。我不知道該說什麼，低下了頭。

彩夏托著下巴，看著窗外片刻，冷不防低喃一句。

「我媽死了。」

「……啊？」

這個消息太突然了，我目瞪口呆。

「這是……怎麼回事？啊？真的嗎？」

「對不起，我之前無法把這件事告訴任何人。」
彩夏聳聳肩，我幾乎無法呼吸。
「什麼……時候、的事？」
「半年前。她生了病。她不是離開很久了嗎？我很晚才接到通知，當我知道的時候，她已經下葬了。」
彩夏斜眼看了我一眼，輕輕一笑。
「我……完全不知道。」
「我沒告訴妳，妳當然不可能知道。啊，我終於說出來了。」
彩夏倒在椅子上，似乎終於鬆了一口氣，但是我的心跳加速，無法克制視野一下子變得模糊。
「喂，妳為什麼哭啊？」
當彩夏這麼問我的時候，溫熱的眼淚已經順著臉頰滑落。
「因為、因為……怎麼會這樣？」
彩夏一直獨自煩惱。我完全搞不清楚狀況，還在批評彩夏的變化。我身為她的好朋友，應該可以察覺，卻只注意到彩夏的表面狀況。我感到極度羞恥。

「彩夏，對不起，我真是……太差勁了。」

彩夏輕輕吐了一口氣，然後大力搖搖頭。

「差勁的是我。我真傻，覺得自己變得孤獨無依了……然後就自暴自棄。」

我應該最支持彩夏，我應該更有同理心地擔心變樣的彩夏。我不配當她的朋友……

「妳不再哭了，我才想哭呢。」

彩夏伸出食指指著我，露出了悲傷的笑容。

「我沒事。但是……我想要相信晚霞列車的事。如果真的有奇蹟發生，我想見到媽媽。」

看著她直視我的眼眸，我感動不已。

「嗯，我也相信。」

「這才是好朋友嘛。」

彩夏露齒一笑，我擦擦眼淚。

我以為彩夏變了，完全沒有想到彩夏的媽媽去世了。彩夏一定深受打擊，需要時間接受這個現實。

此刻，彩夏把這件事告訴我。因為她認為我是她的好朋友……

既然這樣，我可以做到一件事。那就是再也不責備她。雖然覺得晚霞列車的事很不現實，但是既然彩夏相信，那我也要相信。

我們又聊了很多。我覺得就像回到從前，不由得高興起來。

四月二十九日，假日早晨。我剛起床，坐在客廳的沙發上，怔怔地看著院子。

走出房間前，穿上一件帽T，但天氣這麼好，可能會太熱了。大家都在討論黃金週的話題，電視上的主播一個勁預測著塞車的情況。

彩夏仍然沒有來學校上課。那天之後，我們雖然不時用電話或是訊息聯絡，但是我並沒有問她關於晚霞列車的事。我知道，只要我相信，就根本不需要問。

「萬里無雲的天空，映照出晚霞的時間……」

我情不自禁地重複著老闆那天說的話。

在海洋咖啡店聽說晚霞列車的事時，我覺得怎麼可能有人會相信這種不現實的事。但是，在得知彩夏的痛苦和悲傷時，我開始發自內心相信。雖然我之前不知道這個地方有這樣的傳說，但是彩夏在這個時間點知道，一定具有某種意義。

神啊，希望彩夏的願望可以實現。我發現自己在不知不覺中如此祈禱。

「我想和妳聊一聊。」

我睜開眼睛，發現晾完衣服的媽媽板著臉，在我對面坐下。她坐在那裡，電視都被她擋住了。

「幹嘛？」

原本在廚房喝咖啡的爸爸聽到我的回答，立刻匆匆走去院子。他們好像事先套好招般的默契配合讓我有點傻眼。平時媽媽在數落我時，他總是在旁邊助陣，今天是怎麼回事……？

「上個星期天，妳去了哪裡？」

「星期天？」

「山田太太說，看到妳在海洋咖啡店。」

「喔喔。」

山田太太是附近的鄰居，她真是愛管閒事。

「喔什麼啊，聽說妳和彩夏在一起？」

「我們約在寸座站見面，然後一起去了咖啡店而已。」

雖然我察覺到氣氛不對勁，但我仍然保持冷靜。我和彩夏並沒有做什麼壞事，而且難得的假日，不要對我露出那種臭臉。

「所以呢？」

當我這麼問時，我發現媽媽和正在院子裡的爸爸互看了一眼。我正在為有別於以往的狀況感到納悶，聽到媽媽用力吸氣的聲音。

「不要再和彩夏見面了。」

媽媽不由分說地吐出這句話。

「什麼?」

我皺起眉頭。她剛才在說什麼?

「聽說她最近沒有去學校,而且還交了壞朋友。」

「所以我就不能和她見面嗎?」

「媽媽上個星期遇到了彩夏,我向她打招呼,她故意把頭轉過去,然後就走開了。而且把頭髮染成那種顏色,她的頭髮真可憐。」

彩夏應該不想讓媽媽看到她腫起的臉。這是只有我這個好朋友才知道的事。媽媽絕對不可能知道。

「步未,妳聽媽媽說,那個孩子已經變了。」

「彩夏就是彩夏,即使外表變了,內心還是和以前一樣。」

我克制著內心的怒氣,想看手機不理她,媽媽故意大聲嘆氣說。

「媽媽不想看到妳也變成那樣,所以才會說這些話。」

「那樣是哪樣？很煩欸。」

「妳看妳說話的態度！就是因為有那種朋友，所以連妳也開始出問題。」

太生氣了。這簡直就像在說，彩夏是有問題的人。

我忍無可忍，站起身。

「老公，你倒是說句話啊！」

媽媽尖聲說道，爸爸慌慌張張地走到窗邊說：

「妳要聽媽媽的話。」

「別再說了。」

我明明不想吵架，為什麼每次都要找我麻煩？

「在成長過程中，要隨時慎選朋友——」

「什麼跟什麼嘛！」

我想要衝出家門，媽媽抓住我的手臂。

「妳為什麼不懂媽媽是為妳好，所以才在勸妳！？」

「妳根本不瞭解彩夏，別在那裡下指導棋，別管我！」

我用力甩開媽媽的手，衝出家門。雖然身後傳來他們叫我的聲音，但是我跳上了腳踏車。媽媽說得太過分了。雖然我使勁地踩踏板，但只能龜速前進。

終於來到寸座坡的上坡道，我跳下腳踏車。這段坡道總是讓我面對自我，平時來到這裡時，都會進入反省模式，但現在仍然怒火中燒。

抬頭看向天空，天空中飄著片片白雲。今天恐怕無法期待晚霞列車……

不知道彩夏有沒有見到晚霞列車。如果傳說中的事真的發生，也許彩夏就會恢復原來的樣子……

想到這時，我終於發現了一件事。

「對喔……」

彩夏外表的變化一樣讓我不知所措，認定她變了，然後開始懷疑她。雖然說自己是她的好朋友，但其實根本不瞭解她。

我推著腳踏車沉重的把手，突然有一種豁然開朗的感覺。回想起來，我覺得自己一直在問她一些好像在指責她的問題，彩夏對我還是那麼親切溫柔——

我感到呼吸困難，並不光是因為在爬坡的關係。我感覺周圍的風景突然變暗，抬頭一看，寸座坡頂端的樹木遮住藍天。

來到車站後，我像往常一樣坐在相聚椅上。今天沒有風，濱名湖上有幾艘船。雖然已經沒有綠樹遮蔽天空，但視野仍然灰暗模糊。

好想見到彩夏。腦海中浮現這個念頭時，放在帽T中的手機開始震動。可能是媽媽打來的。我一看手機螢幕，發現上面顯示的是「公用電話」。

「喂？」

我小心謹慎地接起電話。

『是我啦。』

電話中傳來彩夏的聲音。

「彩夏？」

簡直就像想要和她見面的願望實現了，懷中泛起一陣溫熱。

「為什麼用公用電話打給我？」

我努力掩飾聲音中的哭腔問。

『喔喔，』彩夏回答，『手機沒電了。雖然我很想充電，但是這個時間回家，我爸在家裡，所以我沒辦法回去。』

啊哈哈。彩夏說完，笑了。

「原來是這樣。」

我也跟著笑了……

「對了，妳剛才說『這個時間回家』？該不會……昨晚沒回家？」

正因為我們是好朋友，所以才會發現她說話時微妙的變化。彩夏沉默了一下。

『嗯……我有很多事要處理。』

她避重就輕地回答。我在不知不覺中握緊電話。

「妳昨晚真的沒回家……」

『這件事和步未沒有關係，別在意。』

好不容易覺得和她之間距離拉近，結果又一下子拉遠。虧我剛才還在為這件事反省。

「什麼叫和我沒關係，妳怎麼能這樣說……」

我忍不住這麼說。

『我有打電話給我爸，而且沒有做什麼虧心事。妳想太多了。』

「為什麼……」

我脫口問道，彩夏若無其事地問：『什麼？』內心湧現的感情不是憤怒，而是焦急。雖然我看著眼前的景色，努力讓心情恢復平靜，但是比不上問號塞滿腦海的速度。

「大家都在擔心妳，妳為什麼老是做這種事？妳為什麼要做這種會造成誤會的行為？」

『妳又要說教嗎？』

「我不是這個意思，但是，但是……」

上次我們一起度過愉快的時光，我覺得在回憶中留下寶貴的一頁，也覺得和她拉近距離，我當時還相信，一定會有所改變……

我發出沉重的嘆息聲。放鬆握著手機的手，我閉上眼睛。

「對不起，是我的問題。那我就掛電話了。」

又要逃避嗎？我捫心自問，但是人無法這樣輕易成長。即使我在後面追趕，她的背影仍然越來越遠。遲遲無法拉近的距離，讓我想要放棄。

『妳在寸座車站嗎？』

即使在這種情況下，彩夏的聲音中仍然帶著笑，我沒有義務回答她的問題。

沒想到，我竟然點點頭回答：

「對。」

『那妳在那裡等我，我是在佐久米車站前的公用電話打給妳，今天有事要告訴妳。』

「妳不要來啦，我今天不想吵架。」

『誰跟妳吵架，我們不是好朋友嗎？』

只會在這種時候說這種話……她可能察覺到我很不高興。

『就這麼決定了，妳在那裡等我，不見不散。』

彩夏對我說。

「……好吧。這次真的一言為定喔。」

為什麼每次只要彩夏開口，我就忍不住點頭？

『那就一會兒見！』

彩夏很有精神地說完後，似乎就掛上了電話。

「搞什麼嘛……真是的。」

我動作粗魯地把手機塞回帽T，內心仍然悶悶不樂。我覺得自己老是被以自我為中心的彩夏擺佈。

剛才的後悔已經開始消失，但現在回家也有點……

無處宣洩的怒氣和無處可去的我。我很想像濱名湖那樣，只是泛起平靜的漣漪，為什麼做不到？

我等了一陣子，彩夏遲遲沒有現身。打電話給她沒有接。她可能沒有開機。如果她從佐久米站來這裡，應該早就到了。

我努力擺脫沉重的心情，走到人行道上，踢開腳踏車的腳架，沿著剛才的來路往回走。我猜想一定會在半路遇到彩夏心愛的乳白色腳踏車。

我緩緩走上坡道，遠處傳來警笛聲。回頭一看，救護車以驚人的速度超越了我。坡頂上方樹葉的影子在車道上搖晃。

那時候，我做夢也沒有想到。

但是，隨即產生的不祥預感讓我加快腳步。來到寸座坡上方，我騎上腳踏車，一路騎下長長的坡道。風吹亂了頭髮，但我沒有煞車，一路繼續往下衝。

救護車……不可能有這種事。我當時還有餘裕這麼想。以彩夏的個性，她一定是慢吞吞走過來。

不一會兒，就看到佐久米站出現在前方。剛才的救護車亮著紅燈停在那裡，周圍聚集了很多人。我不祥的預感越來越強烈。

救護車緩緩開動，隨即響起警笛聲，駛過我身旁。尖銳刺耳的聲音很快就遠離，我把腳踏車丟在路旁，跑向人群。我用盡全力奔跑。

彩夏、彩夏！

不可能有這種事。不可能是彩夏。我撥開人群擠到前面，看到車站旁的郵筒扭曲成奇怪的形狀。

郵筒後方就是電話亭。撞到電話亭後停下的白色車輛引擎蓋被擠成山形突起。

滿地都是碎玻璃。車身上深紅色的……是血？

熟悉的乳白色突然映入眼簾。

「不會……有這種事吧？」

我當場癱在地上。

那輛……變形的腳踏車，正是彩夏的。

✦

太久沒有來寸座站了。這是梅雨季節難得放晴的傍晚。我把腳踏車停在老地方，用力深呼吸，為自己打氣。

走過碎石子路，就是月台。坐在相聚椅上的黑貓正在曬太陽。應該就是上次那家咖啡店的黑貓。

「我可以坐在你旁邊嗎？」

我問。黑貓瞥了我一眼，閉上眼睛。我坐在長椅左側的角落，黑貓舒服地用喉嚨發出了咕嚕咕嚕的聲音。

我摸摸黑貓的頭，怔怔地看著遼闊的天空和下方的濱名湖。我經過很長時間，才終於能夠來這裡。

說句心裡話，其實我不太記得彩夏去世之後的事。

雖然有去學校上課，但經常回過神時，就已經放學了。在家時，也在不知不覺中吃了飯、睡在床上。我參加彩夏的守靈夜和葬禮，但是記憶很模糊。

聽媽媽說，那名駕駛開車不專心，車子失控撞向電話亭。媽媽在告訴我時，忍不住流下眼淚。

我覺得好像從漫長的惡夢中醒來，又進入一個悲傷的夢。每次回憶，最後都會出現那起車禍的畫面，只能放棄思考，把一切隔絕在外。

那天之後，爸爸和媽媽沒有再數落過我。以前吃飯時，一家三口都不會聊天，但現在兩個人都沒話找話聊。爸爸和媽媽之間的對話似乎也增加了。

我在渾渾噩噩的世界看著這些事，當他們和我聊天時，即使不知道他們在說什麼，我仍然對著他們點頭。每天無論吃飯還是泡澡，都覺得好像不是自己的身體。

星期天做尾七時，我才終於意識到彩夏已經離開這個世界。彩夏沒有遵守那天的約定，就永遠從我面前消失了。

走出做尾七的會場，外面下起滂沱大雨。雖然同學有向我打招呼，但是當我回過神時，發現自己獨自走在大雨中。

『步未！』

聽到叫聲回頭一看，媽媽撐著雨傘跑過來。大雨在轉眼之間，就把我全身淋得濕透。我想要逃離好像在責備般打在我身上的大雨，但兩隻腳不聽使喚。

彩夏已經不在了。我再也見不到彩夏了。

『媽……』

我一張嘴，立刻反胃，好像快吐出來了。我摸著肚子，不舒服的感覺立刻變成淚水，順著臉頰滑落。

『步未！妳怎麼了！？』

『媽媽，彩夏……彩夏她！』

我放聲大哭，媽媽緊緊抱著我的身體，我看到爸爸也從雨中跑過來。我哭泣不已，雨越來越大。

隔天。下了一整晚的雨，到了早上就停了。教室窗外的天空一片藍色。我哭腫的眼皮有點沉重。

『萬里無雲的天空……』

我怔怔地喃唸著這幾個字，突然發現內心有點激動。對喔……我看向天空想起這件事。對喔……晚霞列車。

那一天，和彩夏一起去咖啡店時，聽老闆說了這件事。在回想起當時對話的同時，也想起彩夏的笑容和她的側臉。

但是……那一天，我們相信真的有晚霞列車。

放學後，好像有一股力量把我帶來這裡。

天空還很藍，放眼望去，完全看不到一片雲。咖啡店老闆說，這種天氣的日子，只要思念朝思暮想的人，晚霞列車就會出現在眼前。

我想見的人只有一個人。如果能夠見到再也無法見到的人，無論是傳說還是奇蹟，我都願意相信。

黑貓不知道什麼時候離開了。牠可能回去咖啡店了。我獨自坐在空無一人的月台上，拿出手機。通訊軟體的訊息和電子郵件，來電紀錄上至今仍然都是彩夏的名字。但是，那天之後，就再也沒有接到她的聯絡。

「彩夏，我好想妳……」

天空中的藍色越來越淺，水平線漸漸變成暖色。空無一人的無人車站，讓我覺得全世界只剩下我一個人。慢慢下山的太陽，好像擠出了最後的力氣，濱名湖的湖面閃著粼粼波光。

「妳好。」

突然有人對我說話，轉頭一看，一個年輕男人站在我旁邊。

「……你好。」

我手足無措地回應。仔細一看，發現他的胸前繡著『天龍濱名湖鐵路』幾個字。

原來是站務員……

「列車馬上就要進站了。」

男子拿下帽子，看起來差不多二十五、六歲。他的側臉很端正，一頭柔順的頭髮很好看。

「你是學生吧？放學準備回家嗎？」

「不，不是。我是……在等人。」

沒錯，我在等重要的好朋友。我忍不住露出笑容，才發現自己很久沒笑了，然後悲傷又在內心深處探出頭。

「我姓三浦。」

「……我姓齊藤。」

我跟著自我介紹後，才想到一件事。

「請問……這裡不是無人車站嗎？」

「是啊，我的工作只是確認列車會抵達。」

三浦說話彬彬有禮，他很瘦，感覺撐不起身上的制服。不知道他是不是實習生。

我們兩個人都沒有說話，看著下方的景色。

「差不多了。」

三浦的細手指指向天空。

「天空染上晚霞的色彩，我相信妳一定能夠見到。」

「啊……？」

「妳不是在等待晚霞列車嗎？」

我說不出話。三浦瞇起眼睛。他似乎什麼都知道，我無法移開視線。

「人生中，有時候會發生不可思議的事。晚霞列車也是其中之一。」

「你怎麼知道……？請問，我可以見到彩夏嗎？晚霞列車真的會載著彩夏出現嗎？」

我站起身，三浦伸出一隻手穩住了我。我無力地坐下，三浦露出了感傷的笑容。

「晚霞列車可以讓人最後一次見到朝思暮想的人。請妳就坐在那裡，只要真心希望可以見到對方。妳一定可以見到。」

聽了三浦的話，我的心隱隱作痛。

真的嗎？我緩緩低下頭。

那一天，彩夏因為打電話給我，才會遇到車禍。如果她沒有打電話給我，就不會死於非命……

「不知道彩夏會不會想見我……」

腳下的影子在月台上拉得很長。深色的晚霞開始籠罩這個地方。

我想見到彩夏，但是，她會原諒我嗎？如果她沒有認識我，如果那一天，她沒有打電話給我，如果我早一點掛上電話……

負面想法一直在腦海中打轉。罪惡感戰勝想要見到彩夏的心情。無論我怎麼道歉，彩夏都無法起死回生，她永遠都無法完成那一天的約定。

「彩夏和妳是什麼關係？」

聽到問話聲，我抬起頭，發現三浦看向鐵軌遠方。寸座坡頂端茂密的樹林，此刻被染成一片紅色。

「……她是我的好朋友，但是彩夏可能不這麼覺得。因為是我害她……」

我的話還沒說完，就難過得說不下去了，低頭看著自己握緊的雙手。

「這是妳眼中的真相，也許妳的朋友有不同的看法。」

「不同的看法？」

我抬起頭，三浦輕輕點點頭。

「從各種不同的角度看事物時，事物的形狀也會不一樣。」

「但是我！我！」

我變得激動，握緊的雙手甚至有點痛。

「別擔心，只要妳相信。」

三浦用溫柔的聲音說，似乎在安撫我激動的情緒。

「相信……」

「只有當妳的願望很強烈時，才能夠遇見晚霞列車，和彩夏怎麼想沒有關係。齊藤，妳想要見到彩夏的想法最重要。」

三浦靜靜勸我的聲音進入我的腦海。

彩夏……她從小就活得很自我，也很自由，臉上總是帶著笑容。我們以前形影不離，為什麼會變成這樣的結局？

她不想和我說話也沒關係，以後再也見不到她也沒關係，我想把自己的想法告訴她。彩夏，我想見到妳。我想再一次見到我最好的朋友！

「列車即將進站！」

三浦戴上帽子，挺直身體對我說。

遠處傳來隱約的聲音，但我立刻知道那是什麼聲音。我不可能聽錯。那是……列車在鐵軌上行駛的聲音。

列車好像撥開綠色樹林現身了。

「啊啊……」

我屏住呼吸，注視著迎面而來的列車。列車在夕陽映照下，車身閃著金黃色的光芒。光芒太耀眼，我無法睜開眼睛。

「這……就是晚霞列車嗎？」

列車發出煞車的聲音，停在站房前。耀眼的光芒下，我看不到三浦的身影。

就在這時，列車的門打開，一個女生下車。她直直走向我，當我看到她的臉，搖晃著站起身。

「彩夏……？」

在金黃色的光芒中走向我的女生很像彩夏，但是外表和彩夏完全不一樣。

「呀吼！」

她用輕鬆的語氣向我打招呼，好像我們昨天才見過。果然是彩夏……

「彩夏……」

我看著站在眼前的彩夏無法動彈，好像時間靜止了。我無法相信眼前的景象，伸出了手。彩夏握住我的雙手，嫣然一笑。

「終於見到了。」

「彩夏……這身打扮、是怎麼回事……？」

彩夏穿著水手服，而且原本的一頭金髮變成黑髮。和我最後一次見到她時完全不一樣……

我跟著她在長椅上坐著。我摸摸她的長髮，她靦腆地「嘿嘿」一笑。

「發生意外的那一天，我就是這身打扮。」

「啊……？」

我的思考停頓了。

「我不是告訴妳，我前一晚沒有回家嗎？其實是去為了擺脫街上的那幫人。雖然被他們狠狠罵了一整晚，但最後總算退出了。我是想告訴妳這件事。」

「是這樣嗎？原來是這樣……」

意想不到的事實讓我的視野再次模糊起來。

「彩夏，對不起，我……說了很過分的話……」

「沒事啊，是我吃定妳，雖然我一直很任性，但妳每次都會原諒我。」

「不是，其實我並不想說那些話……我並不想說。」

我忍不住哭了。我為什麼無法相信彩夏？她是我唯一的好朋友。

「不要哭啊，朋友。」

彩夏搞笑地說，但我仍然無法停止嗚咽。彩夏摟住我的肩膀，她的身體很溫暖，簡直就像還活著。

「我原本還想讓妳驚喜一下，但是沒想到就這樣死了，虧我還打算回學校上課。」

「嗯，嗯……」

「葬禮的那天，妳恍恍惚惚，根本沒有看我一眼。」

我沒有擦拭不停地流下來的淚水，緊緊握著彩夏的右手。

「彩夏，我……我……」

我哭得太傷心，無法順利呼吸。我自認為是彩夏的好朋友，但是完全不知道她努力想要改變。

「別哭了，我好不容易遵守了約定。」

「……約定？」

「那天我說好要去見妳的約定，多虧妳一心想著要見我。」

「彩夏……妳還活著嗎？不，妳起死回生了嗎？」

世界上沒有這麼活生生的幽靈。也許那天的意外和之前的葬禮，全都是幻覺。但是，彩夏悲傷一笑，搖搖頭。

「很可惜，我似乎真的死了。」

「怎麼……？」

我悲喜交加，淚流滿面。彩夏以溫柔的笑容看著我。

「彩夏，我很想見到妳，真的很想見到妳。我、我……」

我嗚咽起來，無法順利說話，但是，我無論如何都必須告訴她。

「我想要道歉……那一天，是因為我，妳才會——」

「我就知道妳會這麼想。」

我的話還沒說完，彩夏就鬆開我的手，很受不了的樣子。

「啊？」

「妳以為我們當了多少年的朋友？我就知道妳絕對會自責。」

彩夏把雙臂抱在胸前，得意地說。我低下了頭。

「但是……如果妳那天沒有打電話給我，妳現在還活得好好的。」

「步未，妳在這方面真是完全沒變。」

「……什麼意思？」

「三毛。」彩夏嘆了一口氣後，提到這個名字。「妳上次不是提到牠嗎？就是神社的那隻胖貓。」

「喔喔。」我想起來了。上次在咖啡店時，我曾經和她聊到三毛。有種恍如隔世的感覺。那時候根本沒有想到會變成這樣的結果。

「但是，妳當時不是說『忘了』嗎？」

「我們當時那麼喜歡牠，我怎麼可能忘記？」

彩夏說完這句話，將視線移向濱名湖。

「雖然牠是胖貓，但真的超級可愛，可惜在某一天就突然消失不見了。」

「嗯……」

彩夏提起這件事，我想起來了。三毛在暑假的某一天突然不見了。雖然我們相信牠很快就會回來，但是那天之後，就沒有再見過牠。

「步未，妳當時就一直很自責，說是因為『前一天沒有來餵牠』。妳每次都是這樣，只要發生不好的事，就覺得是自己的錯。」

「啊啊……」

我回想起苦澀的記憶。我當時認為，三毛一定是因為肚子餓了，所以去其他地方找食物，覺得全都是我的錯。

「我一直認為，三毛踏上尋找自由的旅程，但是妳一直極力否認我的看法，三不五時想起三毛，然後就一直哭。」

我記得那年秋天和冬天，我都一直在找三毛。

「我是為了妳，才假裝忘記這件事。」

「啊？」

我驚訝地問，彩夏呵呵笑著。

「如果繼續聊三毛的事，妳不是又會想起牠不見了嗎？妳可能又會自責。」

我說不出話。彩夏揚起嘴角笑了。

「無論任何事，一旦往壞的方面想，情況就會越來越糟。我向來很討厭懷疑或是憎恨這種事，妳不覺得這種事很無聊嗎？」

這很像是她的思考方式。彩夏向來都很正向，和總是負面思考的我性格完全相反。

「這次的事也一樣。那是避不開的意外，全都是那個駕駛的錯。我會詛咒那個傢伙。啊哈哈。」

彩夏笑著開玩笑說。

「但是，」我用力吸了吸鼻子，「對不起……」

「不要什麼事情都覺得是自己的錯，那天是我說要去見妳。」

雖然彩夏這麼說，仍然無法消除我內心的罪惡感。晚霞的顏色越來越深，上空出現深藍色，就像是晚霞把濱名湖吸入其中。

風有點冷。回頭一看，發現夕陽已經沉落在山的後方，看不見了。前一刻還綻放光芒的列車，已經染上晚霞的橘色。

「步未，我跟妳說，我也等到了。」彩夏突然這麼對我說。

「等到什麼？」我忍不住問。

她溫柔一笑。

「在意外發生前不久的某天傍晚，我也等到了晚霞列車。」

我驚訝得說不出話，彩夏將視線移向天空。

「那是一個萬里無雲的傍晚，我在這裡祈願『我想見到媽媽』，結果晚霞列車就把媽媽帶到我面前。」

彩夏一臉欣慰，眼中閃著淚光。

「好不容易見到媽媽，她竟然劈頭對我說教。在晚霞列車開走之前，我媽媽一直在數落我的生活態度。但是……我很高興，真的太高興了。」

「彩夏……」

「我終於發現，有人發自內心罵我這件事，原來是一種幸福，我決定改變。」

彩夏笑得合不攏嘴，我從來沒有看過她這樣的表情，但是她的淚水順著臉頰滑下。彩夏見到了她想見到的人……。晚霞列車為彩夏帶來了奇蹟。

我的淚水順著臉頰滑落，但不是前一刻悲傷的淚水，而是溫暖的眼淚。

「我之前太蠢了，叛逆到無可救藥的程度，最近妳好像也有點怕我。」

「沒、這回事啦。」

我回答這句話時，聲音越來越小聲。彩夏的外形無論變成什麼樣子，我都很喜歡她，但是對她的改變確實有些害怕。

「但是，我在死前改變了，這樣的自己讓我很驕傲。……妳瞭解我的意思嗎？」

彩夏探頭看著我的臉，我連續點了好幾次頭。

「我瞭解，非常……瞭解。」

不行，我說不出話。彩夏就在我身旁，但是我的視野模糊，不敢正視她。

「步未，我以後不能和妳一起玩了，妳要爭氣喔。」

「我不要。妳為什麼……要說這種話？我希望永遠和妳在一起，我還想和妳聊很多事，想和妳一起歡笑，一起難過，即使會吵架，也想和妳在一起！」

我哭著大喊。即使面對這種情況，彩夏仍然瞇眼笑著。

「步未，我告訴妳一件事。」

「……啊？」

「妳不是經常覺得妳爸媽很囉唆嗎？其實我一直很羨慕，我很想親身感受一下，別人關心我的感覺。」

「彩夏……」

「我覺得妳真的是身在福中不知福，希望妳可以體會到這件事。妳的優點就是很真誠坦率，希望妳能夠學學我，活得稍微輕鬆點。」

淚水扭曲視野。晚霞的光芒被黑夜吞噬。

我知道沒有時間了。

「拜託妳留下來陪我，一直陪在我身邊。」

我抓著彩夏的手臂央求著。

「我也希望啊。」彩夏對我說，「但是我終於能夠去陪媽媽了，除了我以外，還有很多人陪妳，沒關係了。」

「才不是沒有關係。妳……要離開我了。」

「我不是離開妳。我變成紅嘴鷗了。」

「變成紅嘴鷗？」

「對，我以後可以自由自在地在天空中飛翔，很幸福。妳的好朋友終於實現了夢想，妳不高興嗎？」

「只要妳幸福……我當然高興，但還是很寂寞。」

「我也是。」

彩夏緊緊抱著我，和她以前活著的時候完全沒有任何不同。但是，橘色的晚霞很快就會被夜晚的黑色吞沒。

「妳可以保證妳會加油嗎？」

彩夏的聲音這麼真實，她竟然就要消失了。

真的無法再見到她了嗎？

真的要結束了嗎？

真的再也無法和妳……

我泣不成聲地用力回擁正緊抱著我的彩夏。彩夏不僅是我的好朋友，她一直都守護著我。

希望晚霞不要消失。無論我們抱得再緊，我都滿足不了。我希望和彩夏在一起。

但是，如果這真的是最後……我必須告訴彩夏。我用力深呼吸幾次後開口。

「……嗯，我會堅持，我會努力。」

我好不容易擠出這句話，彩夏哽咽著說：「謝謝。」

彩夏緩緩抽離身體，站起身。天色越來越暗，我看不清楚她的表情。雖然我還有很多話想要對她說，但是我說不出話。

「一定要遵守剛才的約定。」

彩夏笑笑，轉身邁開步伐。

「……等一下。」

彩夏沒有等我，就上了車。

「拜託妳等一下！」

「我們永遠都是好朋友吧？」

我發現彩夏臉上第一次有些不安。向來好強的彩夏，很久沒有露出這麼脆弱的樣子。

既然是好朋友……既然是好朋友，我不想讓她帶著悲傷離開。

「當然啊，我們永遠都是好朋友。」

我直視著彩夏的眼睛對她說，她開心一笑。

車門立刻關上，列車駛離。

「彩夏，彩夏！」

我追著移動的列車，在月台角落大聲叫著。

我希望踏上旅程的好朋友安心，所以，我對她說：

「我會爭氣，彩夏再見，我們還要再見面！」

彩夏聽到我的叫聲，張開嘴笑了。那是我最愛的笑容。

我們揮著手。夜幕降臨。晚霞列車似乎完成使命，靜靜地消失了。

我獨自站在夜幕悄然降落的月台上。不，不是獨自，我相信彩夏一定守護著我。因為這是我和好朋友之間的約定。

我擦擦滿臉的淚水，邁開步伐，突然很想念家裡的燈光。

聽到敲門聲，我應了一聲。

「進來。」

媽媽打開了我的房門，小心翼翼地探頭問：

「我要去買菜，要一起去嗎？」

「現在嗎？都五點了。」

「我忘了買雞蛋。走吧，我們一起去買。」

媽媽一臉好像想到什麼好主意的表情。

「嗯，我還是不去了。我想寫完這些。」

我指著參考書說，媽媽不太情願。

「但是……難得星期天，妳在房間內一整天了。」

「吃午餐的時候不是有走出房間嗎？而且還看了一下電視。」

我還記得爸爸一直沒話找話，想和我聊天……

「才一下子而已啊，妳陪媽媽去，媽媽請妳吃蛋糕。」

媽媽最近有點奇怪。以前整天催我『趕快去讀書』，現在卻老是說一些相反的話。

我猜想八成是因為我改變了對他們的態度。我並不是刻意改變，只是和他們說話時，不再那麼咄咄逼人。我現在仍然會想起彩夏那天說『羨慕』我。

爸爸和媽媽比之前更常聊天，在餐桌上經常可以看到他們的笑容。

這一切都是彩夏帶來的改變。

「不要，我想再寫一下功課。」

媽媽聽了我的回答，用撒嬌的聲音說：

「啊？好過分，最近老是這樣，媽媽覺得，妳偶爾也需要喘一口氣。」

「什麼意思嘛。」

我忍不住笑了，媽媽失望地說：

「我覺得現在是建立親子關係最關鍵的時期。」

又來了。她又使出「關鍵時期攻擊」這招。

「好啦，好啦。」

我故意重重地嘆氣，站起身。

「要陪媽媽去了嗎？」

媽媽興奮地問，我走過她面前，走進客廳，拍著躺在沙發上的爸爸。

「媽媽說她想去買菜，好像還要請我吃蛋糕，你陪媽媽去。」

媽媽在我身後大聲抗議：

「喂，步未！」

我假裝沒聽到。

「爸爸，你的寶貝女兒拜託你，請你把聒噪的媽媽帶出去。如果你們兩個小時後才回來，我就會更喜歡你。」

「我馬上去換衣服。」

看到爸爸猛然坐起，開始準備出門，我走出客廳。

「怎麼回事啊？那我們三個人一起出門。」

媽媽在走廊上追過來，我伸出右手阻止，媽媽立刻停下。

「你們兩個人去。」

「這……很為難欸。」

媽媽抬頭看向爸爸跑去換衣服的二樓說。

「目前是建立夫妻關係最關鍵的時期。不是要買蛋糕回來給我吃嗎？等一下我們三個人一起吃。走吧，趕快出門吧。」

媽媽臨出門前，還在嘀嘀咕咕，我好不容易把她送出門。爸爸匆匆跟了上去。

送他們出門後回到房間，房間內灑滿橘光。

我停下原本準備翻開參考書的手，看著放在窗邊的照片。那是我和彩夏在咖啡店的合影。彩夏笑得很燦爛，我的臉上只有淡淡的笑容。那一天，我們在那家店知道了晚霞列車的事，然後，我們都見到了想見的人。

「彩夏，我一定會很拚。」

雖然我還沒有找到想讀的大學，但是我會努力，因為我不想讓好朋友擔心。

彩夏現在一定像紅嘴鷗一樣在天空自由飛翔，還是和她媽媽在一起？無論是哪一種情況，我相信她一定很幸福。

美麗的晚霞籠罩了窗外的天空，我想起了那張拉出長長影子的長椅。我在那裡見到彩夏的那一幕並不是夢。

當有人從某個地方聽到了晚霞列車奇蹟的傳聞，就會傳達給需要這份奇蹟的人。

不知道此時此刻，有沒有人帶著衷心的祈願，坐在相聚椅上。真希望那個人能夠見到朝思暮想的人。

『我想見你』的願望一定可以實現。

就在萬里無雲的傍晚，在那個晚霞映照的無人車站。

第二章

把悲傷留在昨天

——我今天又心情不好了。

我發現自己敲打鍵盤的聲音太大聲，停下指尖。最近在按確認鍵時，經常特別用力。雖然是無意識的行為，但我猜想周圍的人都察覺到了。

我輕輕嘆氣，將視線移向窗外的景色。隔著辦公室的玻璃牆，看到的天空只有巴掌大，對面的大樓逼近眼前，經常有一種被偷窺的感覺。雖然對面大樓的人可能這麼想。

從大樓的縫隙中小心翼翼探出頭的藍天，和故鄉的天空完全不一樣。

「美花妹妹，怎麼了嗎？」

坐在正對面辦公桌的麻原奈美伸長脖子問我。她是資深事務員，她今年五十五歲。曾經聽說她是老闆的兒時玩伴，她是公司內出名的「消息通」，今天仍頂著一臉濃妝，隨時密切觀察同事。

「沒事啊，只是在構思文案。」

「啊喲，那我似乎打斷妳了，但是皺著眉頭會老得快喔。」

謝謝妳的忠告喔。

「對了，奈美姐，我之前不是已經拜託妳好幾次，不要再叫我『妹妹』嗎？」

「正式稱呼很拗口啊，而且妳的正式呼稱是『山田課長』，對我來說，美花妹妹就是美花妹妹，而不是其他人。」

奈美的辯解根本莫名其妙，她隔著電腦螢幕垂下嘴角。從我進公司的那一天，她就已經是這家公司的資深事務職員，在她眼中，八成覺得二十八歲的我還是小鬼。

剛才看了天空，所以天空的藍色在視野角落閃現。來東京已經多年，但每次看到天空，就會想起故鄉。

我在靜岡縣濱松市北區出生、長大。只要站在高地，就可以同時看到天空和大海，目不轉睛地注視著兩種藍色的交界處，就可以感受到世界很大。

我從當地的短大畢業，在當地找了工作，原本走的是傳統路線，但在二十二歲那一年，來到了東京。

不，我是逃到了東京……。至今已經六年，時間過得真快。我甩掉腦中的痛苦記憶，用力嘆了一口氣。

今天恐怕也得加班。每天都被工作追著跑，每天都有無可逃避的龐大工作量壓在身上，明明還有很多事要做，時間卻不停地流逝。這種感覺似乎逐年強烈，目前是八月初旬，中元節快到了，必須用倍速完成工作。

我任職的公司雖然不大，但算是一家成功的保險代理公司。事實上，員工人數每年都在增加，而且公司在去年搬了新家。

我在企劃部工作。這個部門除了保險銷售業務以外，還要負責和當地中小企業共同舉辦進修活動，以及以市民為對象舉辦講座。虛有其名的部長還兼任營業部的部長，工作很忙，因此就必須由我統籌企劃部門的工作。

即使看著螢幕，用力敲打鍵盤，心情還是越來越差。我把資料儲存後按著眼頭，試圖讓心情平靜一些。

「我回來了。」

坐在我隔壁桌的匠信二郎走進辦公室。他二十四歲，今年是他進公司的第二年。他白淨光滑的皮膚今天很刺眼，雖然個子不算高，但還算修長，外形不錯。只是不知道是不是不在意頭髮，頭髮總是東翹西翹，頭頂隆起的兩坨頭髮，看起來就像是狗的耳朵。

我板著臉，專心看著電腦螢幕。我今天心情之所以不好，有超過一半就是拜他所賜，所以我現在的反應理所當然。

「美花，妳看起來好像很累。」

信二郎露出清新的笑容對我說，我的眉頭皺得更深了。

「為什麼？」

「請喝。」

他把我的黃色馬克杯遞過來。裝滿杯子的咖啡冒著白色的熱氣。

「為什麼？」

我又問了一次相同的問題，信二郎笑咪咪地說：

「因為我聽到妳從剛才就一直在嘆氣，就泡了咖啡給妳，想讓妳提提神。」

「……我是問你，為什麼叫我的名字？我不是說了好幾次，要用我的姓氏叫我嗎？」

「啊……」

原本帶著靦腆笑容的信二郎立刻嚴肅起來。

「而且還有一個問題，你為什麼擅自用我的馬克杯？更何況你有空去泡什麼咖啡嗎？」

「啊喲啊喲，這下子慘了。」我聽到奈美在對面的辦公桌前嘀咕。

「那個……咖啡……」

信二郎抬眼看著她。

「你趕快向山田課長道歉啊。」

奈美立刻用我可以聽到的音量提出建議。如果只說稱呼問題，她不是也有同樣的毛病嗎？她向來很懂得隨機應變。

「對不起。」

信二郎失去剛才的氣勢，無精打采地低下頭。明明只相差四歲，但我覺得他好像比我小很多歲，而且對有這種想法的自己感到失望。

「我也不想嘆氣啊，還不是因為你寫的企劃漏洞百出，我才不得不幫你修改嗎？」

我壓低聲音提醒他，以免辦公室內的其他人聽到。信二郎就像是挨了罵的小孩子一樣噘起嘴。

「你露出這種表情也沒用。你有時間泡咖啡，還不趕快把資料調出來？照目前的情況，要熬夜趕工了。」

「好！」

信二郎只有聲音很有精神。他急急忙忙坐在電腦前，小心翼翼地看著我問：

「那個……咖啡怎麼辦？」

「沒關係，謝謝你，我會喝。」

我勉強擠出淡淡的笑容，不，我只針對咖啡露出淡淡的笑容，然後繼續修改企劃。

既然公司的方針認為「進公司不到三年都是新人」，我也無法對他太嚴厲，只不過最近的年輕人做事都缺乏效率。我猜想別人也這麼看我。

然後，我又想起故鄉的天空。我知道已經無法回到曾經自由的那段時光，但也許正因為無法得到，所以才會為過去的回憶增添美麗的色彩。

我又按了一次儲存鍵，繼續敲打鍵盤。

回到家時，太陽早就下山了。

打開家門，屋內的空氣又悶又熱。我打開冷氣之後，換上居家服，先從冰箱內拿出一罐啤酒，打開拉環，邊走邊喝。碳酸經過喉嚨的清涼刺激太舒服了。

我靠在客廳的沙發上，打開了電視，電視上正在播搞笑節目。後製添加的罐頭笑聲令人掃興，我轉了台，心不在焉地看著新聞節目，終於感受到冷氣開始發揮效果。

當我回過神時，發現自己盯著掛在牆上的月曆，在腦海中盤算著中元節休假之前的工作。即使已經是下班的私人時間，滿腦子都還是想著工作的事。

從二十二歲時開始住的這個房間是公司準備的，很感謝這家公司當年錄用了懵懂無知的我。當時公司規模比現在更小，員工人數很少，我也從二十三歲就有了一官半職。

「山田課長喔……」

一開始只是代理股長，現在是課長。雖然我並不追求升遷，但是一旦成為主管，就會過度努力。

我向來都這樣。高中時參加網球社，在被任命為副社長之後，就整天忙社團的事，漸漸覺得打網球不再是一件開心的事。

啤酒吞下喉嚨的同時，把回憶一飲而盡。至少在下班時間，讓自己好好放鬆。

手機突然發出卡農的樂曲聲。一看螢幕，是「媽媽」。雖然我很累，很不想接電話，但是根據以往的經驗知道，在我接起電話之前，媽媽會奪命連環叩。

「喂？」

我用稍微開朗的聲音接起電話。

『美花，我問妳。』

媽媽劈頭就說。我以前很不習慣媽媽個性急躁，劈頭就進入正題的說話方式，但是開始工作後，能夠理解很多事。

『妳中元節會回來，對嗎？』

她今天仍然一開始就進入正題。我從冰箱內拿出第二罐啤酒，回到沙發上，關掉電視。

「雖然目前是這麼打算，但還沒辦法確定。如果工作沒做完，搞不好就不能回去了。」

『過年的時候妳也這麼說，大家都在等妳，結果妳卻沒有回來。』

「……我知道啊。」

我不悅地閉嘴，聽到空調的低鳴聲。同樣陷入沉默的媽媽叫了一聲：

『我說美花啊……』

我發現她的聲音比剛才更低沉，下意識地改變話題。

「那個、爸爸還好嗎？」

『不錯啊，退休之後，整天都在釣魚，整個人曬得烏漆麻黑的，只有戴墨鏡的地方沒有曬到太陽，還很白，真的很好笑。』

「這樣啊。」

『先不說這個——』

「我會盡可能回去，到時候我也想去釣魚。」

我想起了蔚藍的天空。柏油路好像被烤焦的氣味，染上深綠色的山，半鹹水的濱名湖面倒映的白雲。每次心生懷念之情，就同時喚醒悲傷。我情不自禁發出嘆息聲，讓媽媽再度陷入沉默。

我正在思考該說些什麼緩和尷尬的氣氛，聽到電話中傳來聲音。

『馬上就滿六年了，妳差不多該對巧巳——』

「對不起，我明天要早起。——那就先這樣。」

我說完這句話，就不由分說地掛上電話。

胸口有一種好像被揪緊的感覺，我閉上眼睛，一動不動地坐在那裡。沒事的。我一次又一次告訴自己，然後又喝了一口啤酒。帶著苦味的碳酸讓喉嚨很不舒服。

感覺永遠看不到盡頭的加班終於結束了。雖然已經過了半夜十二點，但總算有了進展。我不顧臉上的妝會花掉，臉頰貼著桌面，趴倒在辦公桌上，頓時感到全身疲憊。

但是在中元節假期之前，還有一大堆工作沒有處理完，目前只是越過了一座大山，聖母峰級的高山還聳立在前方。

「美花，終於結束了！」

坐在我旁邊座位的信二郎興奮地說。他翹起的頭髮好像有形狀記憶功能，到了這個時間仍然維持得很好。

「你為什麼精神還這麼好……」

我已經沒有力氣要求他不要直接叫我的名字。信二郎聽到我這麼說，有些靦腆，顯然侷促不安起來。

「我並不是在稱讚你。」

他很努力。這幾天，他的工作效率明顯提升，雖然很想稱讚他，但感覺太刻意了，所以我就沒有提這件事。最重要的是，我要趕快回家睡覺。幸好今天是星期六，星期天總算不用來公司加班。

我倏地坐起來，關了電腦，開始收拾桌上的東西。這種日子，回家一定要喝一罐冰啤酒。想到這裡，就很想趕快飛奔回家。

「美花。」

即使信二郎這麼叫我，我也懶得在意了。

「嗯？」

滿腦子想著啤酒的事，不自覺面帶笑容回答。

「機會難得，我們一起去家庭餐廳吃飯吧。」

「……啊？」

信二郎對著皺起眉頭的我用力點點頭。

「我不是一個人住嗎？」

不，我不知道這件事……

「雖然我會下廚，但是現在回家再做晚餐，時間不是太晚了嗎？」

「那就去超商買啊，我通常都在超商解決。」

「呃？」

看到他不滿的表情，我停下了正在整理的手。

「你可別小看超商，除了便當和熟食，現在還有很多自創品牌的冷凍食品，味道當然比不上餐廳，但是很好吃。」

我家冰箱的冷凍庫內，隨時都有我在各大超商最愛的冷凍食品，只要用微波爐加熱，就可以馬上吃，簡直太方便了。最近我的最愛是擔擔乾麵。

「我並不是看不起超商，但是我們好不容易完成了一件重要的工作，該好好慶祝一下。」

我才不要和下屬一起吃飯。我向來認為下班之後，就是我的私人時間，沒必要再和同事打交道，但是信二郎好像忠犬一樣，雙眼發亮地看著我。

我挺直身體，用力吸了一口氣。身為上司，除了指導工作，還必須教他一下職場規範。

更何況信二郎是男性。雖說我平時一直對他很凶，和他一起吃飯，不至於傳出緋聞，但還是必須避免引起誤會的行為。

「來來來，你聽我說。」

我說完這句開場白後開口。

我要鄭重拒絕他，然後早點回家。

「太好吃了！」

信二郎從剛才開始，每吃一口就不停感嘆。他可能餓壞了，以好像錄影帶快轉般的速度，大口吃著剛才點的「豪華漢堡排套餐．白飯大碗」。

至於我，正在小口啜飲著第二杯啤酒，配著凱撒沙拉。最後還是拗不過他，和他一起來家庭餐廳吃飯。

簡直就像是喝著啤酒的媽媽，看著兒子興奮地吃飯……。我們是母子喔。我忍不住在心裡吐槽自己，但仍然原諒跑來這裡的自己。

……這情有可原。管理下屬的健康也是工作的一部分。雖然這個藉口很勉強，但是在涼爽的餐廳內，啤酒特別好喝。

吃飯的時候，信二郎除了嘴裡塞滿食物的時候以外，都一直在說話。他眉飛色舞地說著他高中參加社團，和大學社團的事。活力十足的他很耀眼。

我的高中時代很開心，很燦爛，但那就像是收進相簿，已經成為封印的過去。我完全沒有任何事可以和他分享。

信二郎正在說他收到這家公司錄取通知的隔天，騎機車去海邊的事。他不小心搞丟了錢包，只能在海灘上露宿。明明是悲慘的回憶，但他為什麼可以笑得這麼開心？

「當海面一片朝陽的色彩時，真的超級美。」

信二郎一邊咀嚼，一邊說道。我想像著他睡在沙灘上的樣子。

一望無際的大海讓我想起故鄉。幾天之後就是中元節。雖然這次下定決心要回去闊別數年的老家，但內心很擔心是否真的能夠付諸行動。

「妳最近好像很沒精神。」

信二郎放下刀叉時對我說。

「啊？」

我不禁反問。

「我覺得妳看起來很累。」

「還不是你害的。」

我諷刺地說完後感到後悔。我覺得這句話破壞了氣氛。

沒想到信二郎咧嘴一笑。

「對，就是我害的。」

「……你真是怪胎。」

我只能苦笑，但還是鬆了一口氣。他這個人很奇特，還是時下的年輕人都像他這樣？雖然我才二十幾歲，但屬於年近三十的族群。我們相差四歲，但覺得和他之間，似乎有一條彼此無法理解的鴻溝。不，應該真的有。

「經常有人說我是怪胎，我想我應該就是。」

信二郎嘿嘿笑著，我突然覺得他很堅強。難道是心理作用？我不是在嘲笑他，而是真心覺得他的心胸比我開闊。

信二郎沒有察覺我內心的佩服，正看著菜單挑甜點，還哼著歌，看起來真的很開心。

「你吃這麼多，小心會變胖。」

「飯後如果不吃甜點，就會睡不著。美花，妳也來一份？」

攤開的菜單上，是很有夏天味道的剉冰照片。我瞥了一眼後，舉起手上的啤酒杯。

「我不用了，啤酒和剉冰很不搭吧。」

信二郎惋惜地找來店員，點了抹茶紅豆剉冰。

信二郎闔起菜單後，目不轉睛地看著我。怎麼了？為什麼突然看我？我的身體微微向後仰，信二郎坐直了身體。

「我想問妳一件事。」

「……什麼事？」

「妳知道我的名字嗎？」

他一本正經地問了奇怪的問題。

「什麼意思啊，」我忍不住笑了，「信二郎，你叫匠信二郎（Takumi Shinjiro），我沒說錯吧？你為什麼問這種問題？」

「妳從來沒有叫過我的名字，所以我很好奇。沒想到妳知道我的名字，真是太高興了。」

他真的開心笑了。但是，在說他名字的同時，內心湧現的灰暗感情讓我笑不出來。

——安堂巧巳（Ando Takumi）。

往日的記憶再次探頭探腦。我喝完了剩下的啤酒，試圖掩飾內心的傷痛。我點了第三杯啤酒，不知道是否太累，今天似乎一下子就醉了。

「我的確一直都用『你』來叫你，照理說，應該叫你『匠』。」

「無所謂啊。」

像藍天般燦爛的笑容令人羨慕。我發現信二郎的眼睛像燈一樣明亮，只是頭上還有兩撮頭髮翹了起來……

「你好像狗。」

我不小心說出之前的想法。

「啊，也經常有人這麼說。」

他太耀眼，我不敢正視他，看著剛送上來的黃金色啤酒。

很像多年前看到的晚霞色彩。當時和我一起看晚霞的人，他的名字叫……

「……我不喜歡Takumi這個名字。」

我為什麼要提這件事？在我思考這個問題之前，已經脫口說了這句話。

「我的前男友名字叫『巧巳（Takumi）』，你是姓『匠（Takumi）』……啊啊，對不起，我太多話了。」

我一隻手在臉前搖搖。我竟然批評人家的名字，真的是醉了。我的臉發燙，感到坐立難安。

「不可以。」

「不可以？」

「請妳繼續說下去。」

信二郎露出了我從來沒有見過的認真表情。即使剉冰送來，他的視線仍然沒有從我的臉上移開。

「不說了，說這種事也很無趣。趕快吃，吃完就回家。」

「——我喜歡妳。」

「啊？」

我以為自己聽錯了，臉上帶著笑容。我以為自己喝太多，不小心醉了，但是看到信二郎向我探出身體，才終於理解他這句話的意思。

「呃，那個……」

「美花，我喜歡妳，我是認真的。」

信二郎的臉漲得通紅，直視著我說。我只能對著他張大嘴巴。

第一次鬱鬱寡歡地度過週六和週日，既提不起勁看之前看到一半的書，也懶得看電影DVD，一次又一次回想著信二郎在家庭餐廳對我說的話。我分不清他是開玩笑還是認真的，甚至懷疑他的剉冰裡是否加了酒。

信二郎對我說了一句『改天再回覆我』後，就恢復成往常的樣子，然後開始聊公司的事，和他最近喜歡的料理。

那天晚上，我們面帶微笑地在計程車招呼站道別。

星期一，我帶著緊張的心情走進公司，信二郎一如往常地低頭做事，簡直就像根本沒有向我告白過，我才終於鬆了一口氣。

而且辦公桌上的資料堆積如山，我比之前更忙，一週就在轉眼之間結束了。今天是星期五，明天終於要進入中元節假期了。今天一定得留下來加班。

我嘆著氣，在茶水間泡了一杯濃咖啡。

「辛苦了。」

今天仍濃妝的奈美姐走進來。她離過一次婚，今天晚上又要去參加聯誼活動。她偶爾會邀我一起去，但我沒有興趣，每次都拒絕了。

「要不要幫妳倒一杯？」

「麻煩妳了。」

我接過她遞上來的馬克杯，把咖啡機裡的咖啡倒進杯子。

「美花妹妹。」

「是。」

「我覺得啊，小信應該喜歡妳。」

我的手忍不住抖了一下，咖啡差一點灑出來。

「……不要亂開玩笑。」

「有嗎？你們又沒差幾歲。」

她一臉意外，我忍不住傻眼。

「這不是重點。這樣他太可憐了，奈美姐誤會了。」

我動作粗魯地把杯子交還給她，但是她頑固地搖搖頭。

「我在這種事上不會出錯，他有時候看妳的眼神很熾熱。」

「他可能感冒發燒了？」

奈美的八卦性格讓我很受不了，之前她曾經繪聲繪影地聊起上司可能外遇的事，那時候我都隨便聽聽，但這次我成為主角，情況當然就不一樣了。我必須說清楚。

「要怎麼想像是妳的自由，但這裡是職場，我和他之間，就只有上司和下屬的關係。」

「為什麼？小信很不錯啊，而且從他的名字就知道，他是家裡的老二，你們不是超速配嗎？」

我直球對決，沒想到球又被她打回來。

「真是的，」我把臉湊到奈美面前說，「我不是這個意思，更何況我對戀愛沒有興趣。」

「妳之前就經常說這句話，為什麼？如果妳相信我，我可以聽妳傾訴。」

開什麼玩笑。只要告訴奈美，明天整間公司的人都會知道。

「謝謝妳的關心，我自己的事自己知道。」

我擠出笑容回答，奈美仍然沒有打退堂鼓。

「這樣可不行，」她搖搖頭，「要趁年輕談戀愛。」

「即便如此，他也不是我的菜。」

「對了，妳下次可以和他一起去吃飯。只要多瞭解，搞不好就會喜歡他。」

面對執著的奈美，我當然不可能告訴她，我們上次已經去家庭餐廳吃過飯，更不可能告訴她，信二郎已經向我告白了。繼續聊下去，我擔心會被她看出破綻。

「對了，要不要來玩一個遊戲？」

我決定試一試在受困時，經常使用的逃避方法。雖然很久沒有試這個方法了。

「遊戲？」

「就是閉上眼睛數一分鐘。那就來玩嘍？好，開始！」

我的話音一落，奈美就乖乖開始數了起來。

「一、二……」

我悄悄離開，如果她等一下罵我，我只要裝傻就好。

走出茶水間，發現信二郎拿著寶特瓶站在那裡。他看了我一眼，親切一笑，鞠了一躬，然後走回自己的座位。

……他應該沒有聽到剛才的對話吧？

加班還在進行中，而且看不到盡頭。

但是，我預訂了隔天一大早的新幹線車票，今天晚上必須趕快下班。目前還剩下一項工作，用登山來比喻，就是已經看到山頂了。

「差不多是八合目。」

信二郎突然這麼說，我大吃一驚。

「啊，嗯，快到終點了。」

我假裝很忙，開始敲打鍵盤。我覺得內心的想法好像被他看穿了，臉變得很燙。昏暗的辦公室內，只有我們上方的燈光像聚光燈一樣，周圍的其他燈都採用省電模式，光線很暗。

今天又只有我和信二郎兩個人加班，奈美準時下班回家了，如她曾經預告的，去參加聯誼活動了。

想到辦公室內只有我和他兩個人，就開始心神不寧，顯然受到了他日前向我告白這件事的影響。那天之後，這件事一直佔據我的腦海，他沒有要我回答，反而讓我不知道該怎麼辦。我到底有什麼好？八成只是因為我比他年長幾歲，他覺得我很能幹，才會對我有興趣。

如果不閒聊幾句故作平靜，就會坐立難安。但我覺得簡直就像是挖坑給自己跳。

「你中元節假期要回老家嗎？」

我走向列印機時問，信二郎「呵呵」笑了。

「真難得，妳竟然會閒聊。」

「是、是嗎？」

「中元節——」

列印機把報告吐出來的聲音淹沒了他的聲音，我沒有聽到他的回答。回到座位後，檢查報告內容，然後交給他。

「可以幫忙確認嗎？」

「好，妳明天搭幾點的新幹線？」

信二郎雙手接過去後，將視線移回電腦螢幕。

「一大早，我記得好像是六點半。最後衝刺，趕快完成，就可以回家了。」

「好啊，而且等一下還想去家庭餐廳。」

「啊？」我看向旁邊，信二郎仍然盯著電腦螢幕，用滑鼠點了好幾次。螢幕的光照在他的臉上，藍光下的臉看起來有點成熟。

「呃……今天沒辦法去家庭餐廳。」

我小心翼翼地說，信二郎驚訝地看著我。他受傷的表情讓我一陣心痛。

「給我一點時間就好。」

「啊，那個……。關於你上次說的那件事——」

「先做完這個，我們等一下再好好聊。」

信二郎說完，就專心看向手上的資料，用手指指著上面的字，嘴裡唸唸有詞。

如果他那天是真心告白，我打算拒絕。我已經練習過好幾次委婉的說詞，盡可能避免傷害他。我的齒間發出用力吸氣的聲音，他似乎充耳不聞。真是傷腦筋。我停下手上的工作想了一下，隨即改變主意。的確不適合在工作時聊這件事。

雖然我低頭開始工作，但是專注力已經不知道飛去了哪裡。等一下答覆他時，他一定會難過。我這輩子不會和任何人談戀愛了。

想到這裡，我恍然大悟。原來是這麼一回事。我……還沒有放下巧巳。我一直放不下過去的戀情，無法活在當下。我的心，仍然孤獨地停留在那個夏天。

突然呈現在眼前的現實讓我悲傷不已。

我還是喝生啤酒，信二郎去飲料吧倒了可樂。我們在晚上十點多，象徵性地乾杯，和上次相比，今天加班算是很早結束。

也許因為隔天就是中元節假期，餐廳內客人並不多。

「終於到中元節假期了。」

下班之後，信二郎就恢復了一如往常的真誠無邪。他一臉雀躍地吃著一大盤薯條。他也請我吃，只是這麼晚吃油炸食物實在吃不消，我很客氣地拒絕了。

「很久沒有回老家了，好緊張。」

我握著啤酒杯，嘆著氣說。

「是喔，」信二郎喃喃地說，「原來妳也有會怕的事。之前部長對妳有意見時，妳都百倍奉還。」

「你不要把我說得好像天下無敵。」

「還有其他的啊，大家都知道妳進公司第三天就嗆老闆的事。」

「那是有人添油加醋，我只是表達自己的意見而已。」

雖然我假裝生氣，吃著沙拉，但其實有點心不在焉。想到等一下必須答覆他之前的告白，心情開始憂鬱。

而且最近不時想起和巧巳的往事，讓沮喪的心情更加雪上加霜。因為不願意回想，所以才逃來東京，但是不知不覺中，發現幻影一直如影隨形。明天開始放連假，我卻因為這雙重的打擊心情鬱悶。

「美花，不用這麼緊張。」

「……我才沒有緊張。」

我看向信二郎。

「對不起。」他輕輕低頭，「因為我告白了，妳才會這麼為難。」

我看著嚴肅道歉的信二郎，沒有說話，一直搖著頭。信二郎沒再說什麼，然後說了聲「等我一下」，就走去飲料吧。

……好尷尬。我用叉子把綠色菜葉翻過來想著。與其遲遲不答覆，拖到連假之後，還不如現在就明確拒絕，否則信二郎也可能在連假期間心神不寧。

信二郎拿著裝滿可樂的杯子走回來坐好後，我開了口。

「你聽我說。」

沒想到信二郎使勁搖搖頭。

「在妳答覆之前，請讓我先問一個問題。」

店員又送了一杯啤酒上來，可能是信二郎點給我的。

「我希望妳老實回答，聽了妳的回答後，我就會死心。」

「老實回答？你要問什麼？」

「很重要的問題。」

他的表情很嚴肅，我點點頭。信二郎原本低頭看著桌子，緩緩抬起頭。

「請妳告訴我和巧巳的戀愛故事。」

「……啊？不行啦。」

即使我搖頭拒絕，信二郎仍然靜靜注視著我。我喝了一口啤酒，故意擠出笑容。

「聽別人的戀愛故事有什麼用？而且這也算是隱私。……你改問其他問題吧。」

「妳要這樣一直被困在過去的戀愛中嗎？」

「我才沒有被困住，你太沒禮貌了。」

我有點生氣，但是很難掩飾內心的慌亂。

「我不想說。」

我再次說道，把啤酒杯重重地放在桌子上，但立刻倒吸了一口氣。

「這樣啊。」

信二郎低下頭，大滴的淚水從他的眼中滴落，淚水滴落在桌上後散開了。

「喂……！為什麼是你在哭？」

「我很想聽。」

他顫抖地說。我知道大事不妙。我猜不透他的意圖，信二郎看到我說不出話，用含淚的雙眼注視著我。

你為什麼哭？我雖然搞不懂，但是視線無法從他眼中的悲傷移開。

「我不忍心看到妳痛苦。」

他用手掌擦著眼淚說著，我不自覺低下頭。照理說，我該絕口不提，但是浮現在腦海中的往日景象，的確深深折磨著我。

不難預料，一旦回到老家，就會更真實地感受到。既然這樣……也許說出來也沒什麼。只要能夠讓他收回告白，對我來說，這樣的條件並不差。

「……很無趣的故事。」

我終於下定決心，他用力點了好幾次頭，吸了吸鼻子。

一旦想要說出從來沒有向任何人提起過的往事，頓時有一種缺氧的感覺。我看著啤酒杯內跳動的氣泡，調整呼吸。

「第一次見到巧巳……是在高二那一年的春天。」

那是我剛滿十七歲那一年的四月，已經是十年前的事了。我和他在可以見到櫻花樹的教室內相遇。

◆

今年的櫻花開得特別晚，從我的座位可以看到操場上的那棵櫻花樹。

『美花，早安。』
聽到聲音轉頭一看，寺田美知枝正向我走來，她的一頭短髮反射著朝陽。
『我們又分在同一班，太棒了。』
我們興奮地聊了幾句後，美知枝看了座位表，坐在自己的座位上。
全年級只有三個班級，重新分班後有超過一半的同學都認識。而且在這所本地的公立高中，幾乎所有的學生都很眼熟。我的座位在靠窗的最後一排，新學期開始，我的運氣很不錯。
讀國中時，每天上學都好像在爬山，但這所高中離家很近。
我哼著歌，再次看向櫻花樹。遠處是濱名湖，濱名湖上方是一片廣闊的天空。湖水和天空都是藍色，但深淺不同的色調區隔出彼此的界限。
我喜歡這個地方。美知枝從以前就經常把『我想去讀東京的大學』掛在嘴上，但我希望留在這裡。我要考本地的短期大學，住在家裡，每天從家裡去學校上課，畢業之後，也要找一個能夠從家裡去上班的工作。也許在別人眼中，我是個長不大的孩子，但這是我的夢想。

嘎答。

聽到拉椅子的聲音，我轉頭看向右方，發現一個男生正準備坐下來。他的瀏海很長，白淨的臉上戴著眼鏡。他點頭向我打招呼後坐下。

我以前沒有看過這個男生。不，看過。我記得……好像是從私立中學考上這所高中的男生，雖然從來沒有和他說過話，但曾經在走廊上和全校大會上見過幾次。

『我叫山田美花，請多指教。』

我向他自我介紹，他露出一絲驚訝，嘴裡不知道嘀咕什麼。他可能隨即發現自己太小聲了，清清嗓子後說：

『呃，我叫安堂……巧巳，請多指教。』

『請多指教。』

我笑著回答後，拿起了桌上的講義，假裝現在才發現有講義。為什麼？我的臉頰有點發燙。安堂巧巳明明不是引人注意的男生，說起來算是草食系。我偷偷瞥了他一眼，發現他也在看講義。

我喜歡男生雙眼皮的大眼睛，巧巳是單眼皮。我喜歡壯碩的身材，巧巳很瘦。我喜歡男生理短髮，巧巳的頭髮很長。連我自己都搞不懂，為什麼會注意他。

這就是我和巧巳的相遇。

接下來的一年完全沒有進展。除非有必要，巧巳不會和我說話，我也只是用正常的態度和他相處。

至於我當時對他的感情，老實說，我不太記得了。並不像連續劇中演的那樣，『第一次見到他，就對他怦然心動』，我們只是像朋友一樣相處。

巧巳比我想像中更老實，以時下的男生來說，他算是沉默寡言。每次都是我主動找他說話，他只回答最低限度的內容。

七月初，我們的關係發生變化。我和美知枝像往常一樣，在校門口聊天。我記得那天的夕陽特別美，被染成紅色的天空中，有好幾朵雲發出金色的光芒。

『我想問妳一件事。』

美知枝摸著最近留長的頭髮，若無其事地說。

『如果要問期末考的事，我都沒讀書，妳可以放心。』

『才不是這種事。美花，妳沒有喜歡的人嗎？』

升上三年級後，美知枝開始和隔壁班的北林交往。我覺得她好像突然變成熟了，而且化妝和以前不一樣了。不知道是不是人在談戀愛後就變得很強大，美知枝最近經常討論戀愛的事。

『別亂說啦，如果我有喜歡的人，一定會告訴妳啊。』

我皺起眉頭，擠出鬼臉，美知枝出聲笑了。即使如此，我仍然沒有察覺自己內心的想法。

『這是我男朋友說的……』

『嗯。』

『他說「山田經常盯著巧巳看」。』

聽到這個名字的瞬間，我的腦袋一片空白。我無法呼吸，但是聽到心臟好像在耳邊發出噗通噗通的聲音。不能讓美知枝發現。越是這麼想，內心深處的感情似乎一下子噴發出來，我只能閉上嘴巴。

他從來沒有主動和我說話，每次都是我找他。

我並不喜歡巧巳，我不喜歡瘦瘦的男生，他的頭髮太長了。他很冷漠，而且我也不喜歡他這麼老實。

但是，但是……。現在掩飾已經來不及了。

『呃……』

我說不出話。美知枝的手放在我肩上，我就像剛跑完步一樣呼吸困難。

『沒事啦。』

美知枝用一隻手拍拍我的頭，我為什麼快哭出來了？為什麼感到鼻酸？

我知道。我知道了。

『我……喜歡巧巳嗎？』

美知枝聽到我這麼問，瞪大眼睛。

『為什麼問我？這是妳的事啊。』

也對。我突然冷靜下來。想要列舉不喜歡的部分，但剛才在腦袋裡想到的那些缺點，現在完全說不出來。而且……

『我可能喜歡他的聲音。』

他低沉的聲音聽起來很舒服，他說的話都會變成畫面，浮現在我的腦海。

『還有穩重的感覺。』

他和那些聒噪的男生不一樣，他的周圍總是圍繞著平靜的空氣。

『還有他很親切。』

巧巳雖然很安靜，但是對我很親切。我的淚水流下。既不是難過，也不是高興，只是無法克制內心的焦慮。美知枝看到我低著頭，沉默片刻後，帶著哭腔說：

『全多怪我多事。……對不起。』

我喜歡巧巳。他出現在我面前已經超過一年，為什麼我都沒有發現？

我瞭解了戀愛的感覺，和朋友一起哭了。

我向巧巳告白後，他只是『嗯』了一聲。那天是暑假期間唯一的一次返校日，我在回家路上向他告白，他只是點點頭，

『所以……你的回答到底是什麼？』

我不瞭解他的回答，於是這麼問。巧巳為難地抬頭看向天空。站在藍天下的巧巳，就像是一幅畫。

『就是、那我們就交往……』

『你說什麼？』

『就是……不說了。』

他把頭轉到一旁，臉都紅了。

『拜託你，再說一遍剛才的話。』

巧巳害羞地轉過身，我覺得好像在做夢。我一直拜託他，他對我說：

『妳閉上眼睛。』

『閉上眼睛？』

『我們來玩一分鐘遊戲。在數到六十之前，絕對不可以睜開眼睛。』

『感覺很可怕。』

『一點都不可怕，妳一分鐘後睜開眼睛，就會有禮物。』

既然他這麼說，那就只能玩遊戲。我雙手摀著臉，閉上眼睛。

『一、二——』

我數出聲音。在黑暗中，回想起巧巳剛才對我說的話。我的臉頰發熱，心跳加速。我還無法相信可以和喜歡的人成為戀人。

『六十！』

雖然我大聲宣告我已經數完了，但是巧巳沒有吭氣。

『我可以睜開眼睛了嗎？』

即使我這麼問，也只聽到風的聲音。

『巧巳？』

當我睜開眼睛，不見巧巳的身影。我探出身體，看向人行道，他的腳踏車也不見了。

『好過分……』

我抱怨著，看向長椅，發現巧巳剛才坐的位置貼了一張黃色便條紙，上面用麥克筆寫了字。

『我喜歡妳。 巧巳』

一絲不苟的他用工整的文字向我告白，我高興得尖叫起來。

那天之後，每天都見面，好像捨不得暑假就這樣結束。我們都約在離我家很近的寸座站見面，坐在橢圓形長椅上，看著廣闊的天空和濱名湖聊天。原本以為他很寡言，沒想到和我在一起時很健談。他的聲音還是那麼溫柔，我一直都在笑。

季節以驚人的速度前進，巧巳考上專科學校，我進了短期大學，然後在離家不遠的公司找了一份工作。

一分鐘遊戲成為我們的固定遊戲。情人節時，我送他巧克力，我生日時，他送我戒指。屬於我們兩個人的紀念日時，就一起閉上眼睛數到六十。閉上眼睛時的緊張，和睜開眼睛時的驚喜禮物。最令我高興的是，他總是帶著溫柔的笑容。

即使交往多年，我仍然喜歡巧巳。

在我們就業一年多後，兩個人不約而同開始聊結婚的事。我覺得和巧巳結婚是理所當然的事，他也這麼想。

八月某一天的下午，發生了那件事。

我們交往的四週年紀念日，從早上就開始下雨。我知道手機震動了好幾次，一直在開會，沒辦法接電話。長時間的會議終於在下午三點多結束，我拿出手機一看，巧巳的媽媽打了好幾通電話給我。

我走出公司的玄關，大雨打在柏油路面上。我記得當時雨的味道很濃烈。

我按下通話鍵，電話立刻就接通了。

『我是美花，不好意思，我現在才有空……』

我沒有繼續說下去，因為我聽到阿姨在哭。

『喂？阿姨？發生什麼事了？』

【巧巳他……】

她的聲音幾乎被雨聲淹沒。我豎起耳朵，專心聽著壓在耳朵上的手機傳出的聲音，但只聽到嗚咽。

『巧巳？他該不會受傷了？』

【不是！】

電話中傳來撕心裂肺般的叫聲。我知道自己臉色發白，因為我知道出大事了。

【他在上班時昏倒了，救護車到公司時，他已經沒有呼吸……】

我聽到自己用力喘息的聲音。

『巧巳他……。請問巧巳在哪裡？可以請他聽電話嗎？』

車子經過，濺起無數水花。

【……他已經、死了。】

『請妳、叫他聽電話。』

【他已經死了。美花，我兒子……死了。】

——之後的記憶很模糊。

那天的雨聲一直在耳邊縈繞，揮之不去。

我獨自玩著以前經常和巧巳一起玩的一分鐘遊戲。我覺得只要數到六十，他就會出現。只要他靦腆地說：『和妳開玩笑的』，我就會原諒他。

但是，無論我數幾次，無論我閉眼、睜開眼睛多少次……都無法見到巧巳。

心肌梗塞把他帶去了遙遠的世界。雖然我知道再也見不到他了，但想要見到他的思念越來越濃。

當我回過神，發現已經辦完了葬禮，我孤獨地留在這個世界。

✦

我嘆了一口氣。橘色的燈光格外刺眼，我垂下了雙眼。原本只打算簡單說明，但是和巧巳之間的回憶一直湧上心頭，結果就不小心說太多了。

我喝了一口變溫的啤酒，自嘲地笑了笑。

「這就是我的戀愛故事，是不是很無趣？」
「才沒有呢。」
聽到他說話的聲音，我抬頭一看，發現信二郎的眼淚撲簌簌地流個不停，我大吃一驚。
「你、你為什麼哭啊？」
「對不起，讓妳回想起這麼痛苦的往事。」
他一隻手抓著臉，哭了，周圍的客人都目瞪口呆，很好奇發生了什麼事。
「你不要激動，你這麼一哭，我不是想哭也沒辦法哭了嗎？」
「對不起……」
信二郎用力吸氣，用小毛巾擦擦臉。雖然這兩個人的姓氏和名字發音相同，但是性格完全不一樣……。巧巳很不擅長表達內心的感情，眼前的信二郎卻毫不掩飾內心的感情。
「我在告訴你這些事的時候很清楚知道，我完全沒有忘記巧巳。」
信二郎聽到我這麼說，繼續用小毛巾捂著臉，點了點頭。

「想要忘記但沒辦法，雖然我的父母和好朋友都說相同的話，什麼『時間會解決一切』，但是完全沒有解決。」

也許當時我在潛意識中拒絕活下去，因此完全無法進食，也沒辦法去公司上班。我並不想死，但仍然感受到自己在慢慢死去。閉上眼睛，就覺得巧巳仍然在我身邊，但睜開眼睛後，他就不見了。無論試了多少次一分鐘遊戲，都無法再見到他。

「……所以，我就來東京了。我以為只要在這個人來人往的城市，就可以忘記他。但是，已經過了這麼多年，還是無法忘記。」

我自認變得堅強了。在工作上得到認同，完全不關心戀愛的事，只是埋頭努力。我以為已經捨棄學生時代那個幼稚的自己，把和巧巳在一起的幸福時光埋葬在過去，終於走到了今天。

但是，我的時間仍然停留在六年前那個下雨的日子。無論走過多少歲月，即使信二郎向我告白，一切都沒有改變。

「對不起，我的戀愛故事一定讓你很失望，但是很謝謝你聽我說這些往事。」

原本以為只要說出來，心情就會輕鬆。但是，我絲毫沒有解脫的感覺，覺得巧巳似乎仍然在我身邊。

一旦回到老家，就可以順利翻過那一頁，大家都會以為我已經走出傷痛。我打算這次回去，要去見巧巳的母親，我必須讓自己能夠露出自然的笑容。

信二郎正襟危坐，然後向我鞠躬。

「我要拜託妳一件事。」

我立刻用手指打了一個叉。

「每個人只能拜託一件事，你剛才已經拜託我說出往事，沒有第二次了。」

信二郎輕輕搖頭，探出身體。

「寸座車站是天龍濱名湖鐵路的車站吧？妳剛才說，妳的老家在濱松，是不是在寸座？」

「是啊，怎麼了？」

「請帶我一起去寸座。」

「為什麼？我為什麼要帶你去？」

他的要求讓我很傻眼，他則「啊」地一聲闔上嘴，然後沉默片刻，似乎在思考自己剛才說的話。眼前的氣氛突然改變，讓我不知所措，信二郎似乎終於下定了決心，然後開口：

「只要妳帶我去，我就可以讓妳再見到巧巳。」

好久沒有回老家了。踏進家門，有一種好像走進別人家裡的感覺，家裡的牆壁和爸爸、媽媽都上了年紀，我終於意識到，自己真的太久沒回家了。

媽媽看到我回來似乎很高興，一直不停地問東問西。爸爸坐在沙發上，不時偷瞄坐在餐桌旁的我。

「東京是不是什麼都很貴？」

吃完飯，媽媽泡茶時問我。光是今天，媽媽就問了三次物價的問題。話題始終圍繞著現在的我，和我原本想像的完全不一樣。偶爾不小心聊到高中同學時，媽媽都立刻煞車，轉移話題。

顯然是上次那通電話的關係，媽媽察覺到我還沒有忘記。我們若無其事地聊著東京的事，不時哈哈大笑。

「這裡還是老樣子。」

寸座車站周圍的風景和以前完全一樣，無論是緩和彎道遠方寸座坡頂端的那片綠樹，還是沉落的太陽都一如以前。

「是嗎？要不要吃點心？」

「我已經吃得太飽了，對了，海洋咖啡店還有在營業嗎？」

我打聽車站下方的那家咖啡店，媽媽立刻回答：「不知道，我最近都沒去，但應該還有在營業吧。老公，你要吃點心嗎？」

媽媽急忙站起身，我猜想她一定正絞盡腦汁思考新的話題，爸爸顯得坐立難安，我覺得很對不起他們。原本回來想要孝順他們，沒想到反而讓他們不自在……

「我累了，可以先去泡澡嗎？」
「這樣啊。好啊，妳去好好泡一下，暖和一下身體。」
雖然我覺得這種大熱天，媽媽的這句話有點奇怪，但看到媽媽鬆了一口氣的模樣，就決定乖乖去泡澡。
坐在浴缸內，感覺比記憶中更小的浴缸似乎剛剛好。
「真傷腦筋……」
信二郎硬是跟著我回來了。我當然沒有帶他回家，此刻的他，應該正在濱名湖畔的民宿打發時間。
並不是只有這件事讓我傷腦筋，我發現自己竟然想要相信他在家庭餐廳說的那番震撼發言。或是更正確地說，是渴望他說的確有其事。我當然知道現實生活中，不可能發生這種事，而且也這麼告訴他。
信二郎只是對我說：
『請相信我。不，請相信巧巳。』
隔天清晨，他理所當然地在車站等我。我當時可能太軟弱了，拒絕不了他的一意孤行。

我雙手掬起熱水，把臉埋在熱水中。

信二郎說：

『在我逗留的這幾天，請妳把傍晚的時間空出來。』

我完全聽不懂這句話的意思。

「怎麼可能會見到巧巳？」

我喃喃自語，抬頭看著積滿水滴的天花板。天花板看起來比六年前髒了不少。

不知道為什麼，我的眼前浮現出信二郎純潔無邪的笑容。信二郎為什麼會喜歡我？

仔細思考後，就發現這件事很不可思議。信二郎雖然在工作上經常出錯，但是我知道他很善良。他好不容易鼓起勇氣向我告白，但我想都沒想就拒絕了他。我開始自我厭惡。

滿腦子都是負面想法，我走出浴室，擺脫了浴室內的蒸氣，甩開這些想法。吹乾頭髮，回到廚房，爸爸已經睡了，只有媽媽還在廚房。

媽媽倒了一杯麥茶給我，我坐在廚房的餐桌旁喝著麥茶。我察覺媽媽在看我，我看向她，她很刻意地移開視線。我不經意地看著掛在牆上的月曆，眼角掃到媽媽不時看我。

「不用這麼在意我。」

「我哪有在意妳。」

媽媽在我對面坐下，我嘆了一口氣。

「是不是擔心我還沒有走出來？妳的態度太明顯了。」

「我聽不懂妳在說什麼，要不要吃點心？」

媽媽把「橘饅頭」遞到我面前，那是在三之日車站旁的和菓子店買的，外皮中加了本地特產的橘子皮。我記得以前常吃，淡橘色的外皮中，塞了滿滿的白豆沙。我仔細打量著很久沒有看到的包裝紙。

「都沒有變，已經過了這麼久了，都沒有改變。」

我突然很想哭，但拚命忍住了。

我很想見巧巳。我不想忘記他，但是，我不想造成父母的壓力。我猜想媽媽一定看透了我的心思。在那段悲傷的日子裡，是媽媽陪伴在我身旁，默默支持我。她一定知道我謊稱工作很忙，一直沒有回來老家，也知道我至今仍然沒有忘記巧巳。

「對不起。」

媽媽喃喃地說。我看著她，沒想到她很平靜，帶著微笑。

「沒有啦。」

「我老是做一些白費力氣的事。」

「我知道有。發生那樣的事，妳當然不可能忘記。」

聽到媽媽這麼說，我沒有力氣否認。那天晚上，告訴信二郎巧巳的事之後，原本已經封印的感情，似乎又回來了。

「我以為去了東京就可以忘記，事實上，有時候的確忙得不會想起這些事。但是……當我回過神時，感覺還是在原地踏步。」

我雖然說得很輕鬆，但是鼻子深處一陣酸痛的感覺。

「巧巳真的很優秀。」

相隔六年，再次聊起巧巳，有一種回到當年的感覺。媽媽在茶杯裡倒了熱茶，然後雙手捧著茶杯。

「但是，美花，我要告訴妳一句話。」

「嗯。」

「爸爸和媽媽都覺得妳去東京是正確的決定。」

我撕開橘饅頭的包裝紙時問：

「為什麼？」

媽媽緩緩喝了一口茶。

「因為妳活著。」

「……啊？」

「那陣子，妳看起來生不如死，但是妳在東京好好活下來了，而且還這樣回來家裡。光是這樣，我們就很高興了。」

我差一點哭出來，慌忙把淡橘色的饅頭塞進嘴裡。饅頭有熟悉的香氣。

記憶似乎仍然飄蕩在香氣中。

「但是，我……忘不了。」

「是啊。」

媽媽點點頭，我低下頭。

「過了這些年，我還是忘不掉。我討厭這樣的自己。不瞞妳說，其實今天我也不想回來。」

如果今天清晨，信二郎沒有在車站，我也許會找理由取消探親。這種不安定的心情，從早上開始，就讓我感到很沉重。

「沒有關係，只要妳活著，爸爸、媽媽就很開心了。」

「父母都這樣嗎？」

我問，媽媽大力點點頭，我產生一絲安心的感覺。

「而且，妳以為沒有改變，其實有些地方已經改變了。這就是最好的例子。」

媽媽拿出第二個饅頭給我看。

「和以前相比，饅頭絕對變小了。不知道是不是那家店的經營出了什麼問題。」

媽媽露出調皮的眼神說，我笑了。肩膀上的壓力似乎稍微減輕了些。

隔天開始，雨一直下個不停。我有點擔心，傳了好幾次訊息給信二郎。他來這裡之後，我一直丟著他不管，總是有點過意不去，而且直到傍晚，都沒有接到他的任何聯絡。

信二郎回覆訊息。有時候說他在濱松車站，有時候又說去了名叫水果公園的果園，好像還去了附近的遊樂園。知道他一個人四處觀光，我安心多了。

回來的第四天中午過後，雨才終於停了。天空中仍然飄著雲，我和美知枝約了見面。

濱名湖佐久米站旁的咖啡店內沒有其他客人。照理說，我們應該約在離家最近車站旁的海洋咖啡店見面，但是那裡有太多我和巧巳的回憶。當時我們兩個人都沒有參加社團，放學後在寸座車站眺望天空和大海之後，總是去位在濱名湖畔馬路上的海洋咖啡店。美知枝應該也記得，因此沒說要在海洋咖啡店見面。

巧巳的葬禮之後，我就沒有再和美知枝見過面。雖然偶爾會用電子郵件聯絡，但是實在沒有勇氣見面。

多年沒有見到的美知枝看起來比之前更年輕，可能是因為她像高二那年一樣，剪了一頭短髮的關係。她說今年冬天要結婚了，喜孜孜地給我看了她未婚夫的照片。

「原來是不是北林。」

「別提了。」

我當然知道他們已經分手的事。美知枝在上大學時，狠狠甩了北林。巧巳當時還活著。我嘆了口氣。

「美知枝，妳怎麼會回來濱松？妳之前那麼嚮往在東京當粉領族的生活。」

美知枝在東京讀完四年大學後，差不多在我離開的時候，回來老家濱松。

美知枝喝了一口冰咖啡，歪著頭。

「有一天，我突然很想看濱名湖，一想到這件事，就無論如何都想回來了。」

「喔喔，我懂妳的感覺。出門在外，才發現濱名湖像大海一樣大，而且很平靜，真的會很懷念。」

「美花，東京這個城市薰陶了妳，現在的妳好漂亮。」

「妳別說這種話，我只是逃去東京而已。」

……咦？聊到這話題時，我竟然笑了。我暗自這麼想，看向美知枝，發現她目瞪口呆地愣在那裡，然後表情緩緩放鬆。

「太好了，妳已經能夠聊這件事了。」

「我不知道……。這是第一次，還……」

「我太高興了。」

美知枝語氣堅定地說，淚水在她眼眶中打轉。

「我一直很擔心妳，雖然曾經想去看妳，但總覺得反而會讓妳更傷心……。我真的很高興。」

「我也是。」

東京這個城市拯救了我。這麼一想，就覺得隔著公司窗戶，看到的那一小片天空也很珍貴。之前那麼不願意回來探親，沒想到實際回來之後，明確感受到自己的變化。

我們興奮地聊著往事，杯子裡的冰塊都已悄然融化。我們聊了班上的老同學和班導師，還聊了美知枝的未婚夫。我們談得不亦樂乎，好像填補了沒有見面的那段空白期間。

美知枝還要去看婚禮的場地，下午三點，我和她在咖啡店門口道別。天空中的雲都消失不見了，天空一片蔚藍。

接下來該怎麼辦……？我正在思考這個問題，手機響了。螢幕上出現信二郎的名字。

『放晴了。』

一接起電話，他立刻說道。「是啊。」我回答後，邁開了步伐。一下子被陽光烤熱的柏油路面冒著蒸騰的熱氣。

『妳知道海洋咖啡店嗎？』

我很驚訝竟然會從信二郎的口中聽到海洋咖啡店的店名。

『妳現在可以來這裡嗎？我已經在店裡了。』

「啊？你是說……」

我的心跳加速。

『我說話算話，妳會見到巧巳。』

信二郎說話的聲音很低沉，和巧巳有點像。

混有海水的湖泊叫半鹹水湖。不知道是否因為受濱名湖的海風影響，海洋咖啡店看起來比以前更舊了些。

推門而入，我立刻停下腳步。牆上的畫、吧檯魚缸裡游來游去的金魚，和窗邊的仙人掌，讓我以為回到從前，巧巳好像隨時會悄然現身，我感到痛苦。

「歡迎光臨。」
老闆親切招呼著，他應該不記得我了。他就像對待陌生客人般，深深鞠躬。
「我約了人。」
我對老闆說，老闆單手指向窗邊的座位。信二郎坐在四人座的桌子旁。
我在他對面坐下。
「好久不見。」
他竟然對我這麼說，我正想回答，看到他的臉，笑了出來。
「你怎麼了？怎麼曬得這麼黑？」
「我整天都在釣魚，剛才還在弁天島海水浴場游泳。」
他咧嘴一笑時，雪白的牙齒更加明顯。信二郎似乎很享受這趟行程，真是太好了。
咖啡店的菜單和以前一樣。我充滿懷念地翻開菜單。
「我沒問妳，就已經點好了。」

信二郎說。

「我可不想大白天就喝啤酒。」

「我知道，我點了老闆推薦的巨無霸布丁。」

信二郎露出孩子般的眼神，我瞇眼看著他。巨無霸布丁是這家店的招牌，我以前也經常點。那時候很窮，我們經常點一個布丁和一杯汽水，然後兩個人一起分享……

巧巳的幻影似乎還沒有消失。我看向我們當時經常坐的、位在後方會議室前的餐桌。我以為會看到巧巳坐在那裡看參考書，但目前有一家人正在那裡吃百匯。

老闆在我們面前各放了一個巨無霸布丁和一杯冰咖啡，信二郎突然向老闆鞠躬。

「那天謝謝你。」

「不客氣。」

信二郎似乎之前來過這家店。我覺得他好像走遍了濱松市，讓人不得不佩服他的行動力，這時，我發現老闆看著我。

「好久不見。」

「啊……你還記得我？」

怎麼可能？我驚訝不已。老闆彎眉一笑。

「我不可能忘記老主顧，妳已經是大人了。」

「哪有……」

店門打開，客人走了進來。

老闆對我說：「一定可以見到。」然後轉身去為客人帶位。

我聽不懂老闆這句話的意思。可以見到？該不會是說巧巳？

信二郎拿起湯匙開始吃巨無霸布丁，頓時說不出話。

「那個……」

「先吃東西，有話等一下再說。這也太好吃了。」

「嗯，好。」

我也開始吃布丁，發現一隻黑貓坐在店門外的停車場。戴著黃色項圈的黑貓目不轉睛地看著我，黑貓的身後是濱名湖，湖的後方是樹林和小山。

我拿起湯匙，舀起已經有好幾年沒吃到的巨無霸布丁。滑嫩的布丁在湯匙內抖了一下，入口後忍不住想哭。

走出咖啡店時，已經快傍晚了，但是仍然可以感受到盛夏的酷熱。山上傳來蟬兒的大合唱。

「走這裡。」信二郎說著，走進岔路，沿著高架道路下方的小路往上走。我跟在他身後。那是通往寸座站的捷徑，我剛才也是走這條路。爬上坡後，沿著人行道走一小段路，就是寸座站。我在東京時，曾經無數次回想起從這個車站看到的開闊景色。空無一人的月台，和一望無際的藍天和濱名湖。

「這裡的風景太美了，無論天空還是大海，都太廣闊太藍了！」

信二郎興奮的樣子，讓我彷彿看到巧巳。匠信二郎和安堂巧巳的名字中雖然都有「Takumi」，但兩個人完全不像，我為什麼會有這種想法呢？

我第一次發現內心產生了背叛巧巳的罪惡感。信二郎完全沒有察覺，拍著車站外的長椅說：

「就是這裡，就是這張長椅。」

「這是不是叫『相聚椅』？我以前常坐在這張長椅上，很懷念。」

木頭做的長椅名符其實，中間凹下去，聚集很多雨水。信二郎從揹在肩上的托特包中拿出超商的塑膠袋鋪在長椅上，又把小毛巾鋪在上面。

「請坐。」

信二郎張開手掌說，我納悶地歪著頭。

「坐在這裡？」

「先坐下來再說。」

「我——」

「妳要和巧巳再一次見面。」

我被信二郎似乎真心相信的語氣震懾，順從地坐下。信二郎看到我坐下後，站在那裡，看著周圍的風景。

「黃昏會改變天空的顏色，到時候，請妳祈願想要見到巧巳。」

「……什麼意思？」

「只要妳真心祈願，就可以見到他。」

信二郎看到我皺著眉頭，曬黑的手臂抱著胸問：

「妳是不是不相信？」

「怎麼可能相信？」

「也對。」

信二郎呵呵笑了笑，然後彎下身體，和我的視線保持相同的高度。

「但是，妳要相信，我希望妳能夠見到他。」

「你……真的是怪胎。」

「別人經常這麼說我，但是請妳相信。在萬里無雲的晚霞中，只要坐在相聚椅上，強烈祈願和朝思暮想的人再見一面時，抵達車站的列車就會帶著那個人出現在眼前。這是咖啡店老闆偷偷告訴我的。」

「……這是迷信吧？」

「迷信就是迷惘的人相信的事，試著相信一下也無妨啊。」

信二郎太莫名其妙，我忍不住笑了出來。

「現在和他見面，又能怎麼樣？」

巧巳已經離開了這個世界，我再也沒辦法每天和他在一起了，他不可能陪伴在我身旁了。

「請妳好好向他道別，否則，妳就無法繼續往前走。」

「你別這麼自以為是。」

「哈哈，妳說得對。但是，請妳相信。話說，信二郎這個名字的發音，其實也是『相信我』的意思。」

我討厭老實人，為什麼他要惹我不高興？

但是，天空漸漸染成了紅色。信二郎似乎相信這個迷信，雙眼直視著我。他八成是從雜誌或是其他地方看到什麼報導，特地為了無法擺脫過去的我，來到這種鄉下地方。

這六年來，我一直不願意去想巧巳的事，但反而更想他。既然這樣，相信信二郎說的話似乎沒什麼不好。

「好吧，那我試著相信。」

「太好了。」

他為什麼笑得這麼開心？

「如果沒有見到，就要懲罰你。」

「別擔心，只要妳真心相信，就可以見到。」

他為什麼要為我做這種事？他爽朗的笑聲讓我有點心痛。為了掩飾這種心痛的感覺，我故意賭氣。

「如果真的見到他，那我就請你去那家家庭餐廳吃飯，你想吃什麼都可以隨便點。」

我開玩笑說。

「比起妳請我吃飯，我有另一個願望。」

信二郎說。

「你的願望真多，這已經是第三個了。」

第一次是他要求我說和巧巳的戀愛故事，第二次是要求我回來探親時帶上他。我這才發現，他的願望全都是為了我。

「好吧，那你就說來聽聽。」

「那個，」信二郎聽了我的回答後說，「如果妳見到了巧巳，以後請不要再用『你』叫我，而是叫我的名字。」

「……如果奇蹟真的發生的話。」

信二郎聽了我的回答，開心一笑，然後邁開步伐。

「你要去哪裡？」

「電燈泡就先閃人，我等一下會再來，請妳在這裡等待。」

信二郎頭也不回，揮揮手離開了。

這到底是怎麼回事？

我目送他的背影離去後，突然發現有視線盯著我，然後看到剛才的那隻黑貓在月台角落。

「過來。」

我向牠伸出手，但是黑貓只注視著我一會兒，然後就優雅地走去站房後方。

「只剩下我一個人了。」

天空的色彩急速變化，從沉落的夕陽周圍散發出來的紅色籠罩整個世界，濱名湖也換上了不同的色彩。

我在這裡幹什麼？如果巧巳真的出現，我該做什麼？

而且，為什麼信二郎落寞的笑容一直縈繞心頭，揮之不去？

我猛然發現，有人站在月台上。

該不會、是巧巳……？我閃過這個念頭，但立刻知道不是這麼一回事。因為那個人穿著鐵路公司的制服。不知道是不是車掌，戴著帽子的男人走向我。

他可能以為我要搭車。我正準備站起來，他對我說：

「坐著就好。」

這個瘦瘦的男人看起來還很年輕。

「請問……」

「我姓三浦，請多指教。」

三浦恭敬地鞠躬，我有點不知所措，但也回禮。車掌這樣向我打招呼有點奇怪。

三浦看著我的臉，落寞一笑。

「看來妳還不太相信？」

「……」

「晚霞列車很快就抵達了。」

真的有晚霞列車嗎？我對巧巳有滿滿的思念，但是，如果相信可以見到他，最後卻沒見到，一定會更加難過。

「剛才那個人是妳的男朋友嗎？」

「……他是我的下屬，他也相信晚霞列車。」

我想起純真無邪的信二郎，內心隱隱作痛。

「那就請妳相信，只要妳真心祈願，晚霞列車就會出現。」

「現實生活中不可能有幽靈。我會忍不住這麼想，三浦先生，你該不會也是幽靈？」

「妳說呢？」

三浦露出柔和的笑容，然後看著下方的濱名湖說：「但是，他應該相信妳。」

「也許吧。」

正因為相信，才會千里迢迢來這裡。

「既然這樣，妳是否可以試著相信他呢？」

三浦走向月台的前端。

「這是最後的機會，請妳用心祈願。」

我可以見到巧巳嗎？不，我要相信可以見到他。我發現自己在不知不覺中，握緊了雙手。

我想和巧巳見面。我想再見他一次，想再一次見到那一年，突然從我眼前消失的巧巳。我一直克制想要見到他的思念，我向晚霞祈願，渴望釋放這份思念。

這時，我似乎聽到鐵軌的聲音。那是列車行駛在鐵軌上的聲音。我驚訝地抬起頭看向右側，看到閃著金光的列車。宛如燃燒般的列車發出煞車的聲音緩緩減速，我在不知不覺中站起身。

列車停在月台，不一會兒，聽到了車門打開的聲音。一個男人站在月台上。他穿著白色T恤，和時常穿的那件喜愛的牛仔褲。

他是……巧巳。

他直直向我走來，夕陽映照在他的臉上，看起來格外清晰。我擔心自己一動，他就會消失，只能目不轉睛地看著他。我的雙腿不停地顫抖。

巧巳走到我眼前，我難以置信地看著他。

「巧巳……」

「美花，終於見到妳了。」

「巧巳！」

我情不自禁抱住他，他身上熟悉的味道讓我的淚水一下子流下。壓抑的感情和悲傷頓時溢出來。我見到巧巳了，我見到他了。

巧巳溫柔地撫摸我的頭，然後牽著我的手，和我一起坐在相聚椅上。不知道三浦是不是上了車，月台上看不到他的身影。

難以相信。巧巳仍然是二十二歲時的樣子。啊啊，我的眼淚流不停。我想好好看巧巳的臉，但是淚水模糊我的視野。

「美花，對不起，讓妳孤單了。」

耳邊響起低沉的聲音。那是我一直渴望聽到的聲音，我永遠不可能忘記。

「巧巳，我很想見你，一直很想見到你。」

我像小孩子一樣哭著，巧巳連續點了好幾次頭。

「我也是，我一直很擔心妳。對不起，我離開得那麼突然。」

「但是，我又見到你了。你以後是不是也可以一直陪伴在我身旁。」

我問，巧巳緩緩搖搖頭。

「只有晚霞消失之前的這段時間。」

「怎麼會……？我好不容易……好不容易才見到你。」

他聽了我的話，低下頭。

「美花，我已經死了，這個事實無法改變。上天給了我們機會，讓我能夠好好跟妳道別。」

「黃昏之後……你就要離開了嗎？再也見不到你了嗎？」

「別哭。」

他摸著我臉頰的感覺，絕對不是夢。

「我不想和你分開。與其再次痛苦，不如你帶我一起走。」

「不行。」

「那我就自己去死，這樣就可以和你在一起了。」

巧巳以悲傷的眼神看著我。

「如果妳自然地走完一生，我們就可以再次相見。如果妳自己結束生命，就真的再也無法見面了。」

「但是……」

「這種規定必須遵守。」

我以前喜歡巧巳一絲不苟的個性。我可以感受到自己的心情漸漸平靜。

「還記得嗎？以前我們經常在這裡看風景。」
巧巳看著濱名湖，腳下拉著長長的影子。
「……嗯。」
「海洋咖啡店的老闆還好嗎？」
「嗯。」
我只能點頭。之前一直覺得，如果可以見到他，有很多話要對他說，也有很多問題要問他，但是，我更想聽他說話的聲音。我最愛的聲音就在我耳邊響起。
「美花，我只有一個心願。」
什麼心願……？
「那就是妳得到幸福。」
幸福是什麼？
「我希望妳隨時保持笑容，希望妳可以向前看。」
晚霞即將消失。太陽已經躲進山後，天空漸漸變暗。巧巳用力握著我的手。

「只有自己能夠讓停下來的時鐘再次動起來。」

「沒辦法，沒有你……我沒辦法好好活……」

巧巳的手指擦拭著我流不停的淚水，他的表情慢慢隱入暮色中，我害怕不已。不要走，不要又丟下我。

巧巳對著我搖搖頭。

「每個人都有痛苦和悲傷，不需要強迫自己忘記。當回想起來時，也可以流淚，但是不可以假裝忘記。」

「巧巳……」

「只要決心和悲傷共存，總有一天，可以發自內心歡笑，然後，偶爾看看外面的世界。一定會遇到相信妳的人。」

我的腦海中浮現出信二郎的臉，還有爸爸、媽媽、美知枝……

巧巳站起身，看向列車的方向。晚霞列車漸漸失去了光芒。

「美花，我無法陪伴在妳身旁。」

「巧巳……」

「也是時候放我自由了。」

讓巧巳自由。這話讓我感到心痛。

「美花，我真心喜歡妳，妳應該也一樣吧？」

「嗯。」

我點著頭，淚流滿面。夜幕即將降臨。

「所以，我們要在這裡好好道別，這是為了妳，也是為了我。」

「你這種一絲不苟的個性……我超討厭。」

我無法站起來，坐在長椅上哭泣，巧巳用力抱抱我，然後露出調皮的笑容。

「妳試著對我說再見。」

「……我不行。」

但是，我知道離別的時刻即將到來。如果我們的相遇有意義，如果我們的分離和這次重逢都有意義……

我身體想要用力，淚水再次不停地流。但是，我呼吸了幾次，終於能夠開口說話了。我必須告訴他。這是我能夠做到的事。

「巧巳，再見。」

在說這句話的瞬間，我感覺到我多年的戀愛結束了。我愛巧巳，愛得無法自拔的學生時代，和踏上社會之後，失去他的那一天。去東京後努力工作，但由於沒有向他道別，只能一直假裝忘記了他。

如今終於完成釋放的儀式，緊緊抱著我的巧巳即將消失……。我不停地呼吸，只聽到蟬鳴聲。

「我們來玩一分鐘遊戲。」

巧巳突然用模糊的聲音說。

「我要送妳最後的禮物，所以妳閉上眼睛。」

「這種時候還要玩這種遊戲……我沒辦法。」

我嗚咽著說。

巧巳又說了一次：

「閉上眼睛。」

我急促地呼吸著，但還是閉上眼睛。

巧巳的身體抽離。我沒有聽到腳步聲，他應該還在我身旁。

「妳數一分鐘。」

我好像中了魔法般，在內心數著。

一、二、三……

這個遊戲已經玩過很多次了。那時候，做夢都沒有想到會有今天。

二十五、二十六……

我不想向你說再見，只希望你留在我身邊。

四十五、四十六、四十七……

一分鐘結束了。

「巧巳，我可以睜開眼睛了嗎……？巧巳！」

「美花，再見。」

「巧巳！」

當我睜開眼睛，巧巳已經消失不見，晚霞列車沒了蹤影。月台上只有我一個人。

「巧巳……」

天色變暗，街頭昏暗的路燈亮起了。

奇怪的是，我並沒有流淚，我發現自己坦然接受了我們已經分離這件事。

我終於告別一直無法放下巧巳的自己，這是他送給我最後的禮物，他給了我面對現實的力量。

蟬鳴陣陣，好像在代替我哭泣。

信二郎不知道什麼時候坐在我的身旁。晚霞已經消失，濱名湖黑漆漆的。

「見到了，我見到了巧巳。」

我用顫抖的聲音告訴他，信二郎已經哭了。而且他不只是流淚而已，他放聲大哭。

「為什麼是你在哭？」

「因為我很高興，我很高興妳也等到了晚霞列車。」
信二郎泣不成聲地說，我驚訝地發現了一件事。
……妳也等到了？
巧巳剛才向咖啡店老闆道謝說，『那天謝謝你』，『那天』該不會並不是幾天之前……？
「那……個，你該不會以前來過這裡？」
「是啊。」
信二郎點著頭，在夜色中，可以看到他的表情很溫柔。
「我也等到了晚霞列車，終於跟重要的人說了再見。」
我完全沒有想到這種可能性。原來信二郎也有無法忘記的人……
「看到妳這麼痛苦，我於心不忍，我希望妳可以和我一樣，好好向對方道別。」
「原來是這樣……」
我喃喃說著，他露出笑容。

「人生真是太不可思議了，就算我們被悲劇打擊重創，但仍然活著。」

「嗯。」

我點點頭。我能夠理解他想要表達的意思。就算不想活下去，早晨仍然會來臨；即使渴望活下去，仍可能被黑夜帶走。

「但是，」信二郎說，「有時候會發生這樣的奇蹟。」

雖然覺得就像是一場夢，但是和巧巳的重逢，將會改變往後的我。

「謝謝你。」

我坦誠地向信二郎道謝，他害羞地站起身。

「功德圓滿，那我們回家吧。」

信二郎內心有相同的悲傷，所以才會擔心我。

我喜極而泣。我將再度邁向明天。並不是只有巧巳帶給我力量，爸爸、媽媽和美知枝……還有信二郎，給了我最珍貴的東西。

我相信以後偶爾會有迷惘的時候，但是，只要自己想改變，即使走在暗路上，仍然能夠繼續前進。

「欸，」我對著走在前面的信二郎叫了一聲，他在黑暗中轉過頭。「我明天帶你去濱松走走。」

「啊？真的嗎？」

「只要信二郎你開心就好。」

信二郎聽到這句話，再度哭出聲。我也笑著流淚了。

又喜又悲，然後，快樂。

第三章 通往明天的鐵軌

——妳現在能夠發自內心地歡笑嗎？如果能夠回到那一天，我們會做出不同的選擇嗎？我至今仍然會不時思考這個問題。

「喂，媽媽！」

獨生女雅美一臉不悅，氣鼓鼓地坐在椅子上。這種時候，通常代表她內心累積了很多不滿。我繼續切著蘿蔔問：

「怎麼了？」

雅美伸出手，把手機螢幕遞到我面前說：

「那個人很煩欸。」

「哪裡煩了？」

我繼續看著正在切的蘿蔔，咚、咚、咚地把蘿蔔切成圓筒形薄片。

「媽媽，妳倒是看一下啊。」

「好啦，好啦。」

「媽媽！」

聽到她一次又一次叫我「媽媽」，我突然想到，我的名字叫多惠，從什麼時候開始，別人不再叫我的名字？我怔怔地想著這件事，然後不禁苦笑起來。對雅美來說，我就是她的母親，在孫子眼中，我就是外婆，即使沒有人叫我的名字，那又怎麼樣呢？

「他每天都不厭其煩地傳相同的內容給我，如果他真的想要道歉，就應該直接上門，當面對我道歉啊。」

雅美一定在說她丈夫隆弘傳來的訊息。這一陣子，她每天都在談相同的事，不必看訊息也知道是怎麼回事。

「中元節假期的時候，他不是來這裡道歉了嗎？他大老遠跑來這裡，結果妳把他趕走了。」

我把蘿蔔放進湯已經沸騰的鍋子裡，大量產生的泡沫消失，食材開始在鍋內跳舞。

「妳認真看一下啦。」

聽到雅美不滿的聲音，我無可奈何地抬起頭。隔著熱氣，可以看到滿臉極其不悅的雅美仍然舉著手機螢幕。

「字這麼小，我根本看不見。」

我從冰箱內拿出事先分成小包的油豆腐，放進料理碗，把熱水壺中的熱水倒進料理碗去油，變軟的油豆腐浮出薄薄的油分。

「媽媽根本都不關心我。」

「我當然關心妳啊。」

每天都上演相同的對話。

「我面臨離婚的危機，妳不擔心嗎？」

「我當然擔心啊。」

發展到眼前的狀況，就不能再敷衍她了。我把火關小，用毛巾擦乾手走到桌前，雅美一臉氣鼓鼓。她已經四十四歲了，一回到娘家，就像小孩子一樣開始撒嬌。

「妳要和隆弘好好談一談。」

「我不要。」

「那打算離婚嗎？」
我坐在椅子上，臀部感到些微疼痛。我已經六十五歲了，經常這裡痛、那裡痛，提醒我目前的年紀。
「我又沒有這麼說，但是看到那個人完全沒有反省，就覺得超火大。」
雅美生氣地垂著嘴角。
「不要叫自己的老公『那個人』。」
我提醒她，她更用力地垂下嘴角。明明是她主動聊起這個話題，但無論我說什麼，這個話題都從兩條平行線開始，然後維持相同的距離結束。
雅美在七月下旬離家出走，回到娘家。聽說起因只是為了芝麻小事吵架，但是隨著時間的推移，雅美越來越怒不可遏。原本還輕鬆地以為她會在八月底回東京，沒想到時序已經進入九月，她仍然沒有回去的意思。
「妳可能覺得目前的狀況沒有問題，那小涉呢？他沒辦法上幼稚園不是很可憐嗎？」
我看向正在院子裡玩泥土的涉。目前在幼稚園讀大班的涉正是頑皮的年紀，看到他才剛換上的衣服又是滿身泥的矮小身體，我露出苦笑。

「又不是我的問題，如果那個人不好好道歉，我才不會回去。」

落地窗發出嘎啦嘎啦的聲音打開，涉的小手上拿著種在院子裡還沒有轉紅的錦燈籠嚷嚷著：

「外婆，妳看。」

「啊喲啊喲，真可愛啊。」

「這是什麼？為什麼圓圓的？為什麼嘛？」

涉爬進客廳的同時問道，他每天都會問各式各樣的問題，有旺盛的好奇心固然是好事，但是整天回答他的問題，並不是一件輕鬆的事。

「這叫錦燈籠，在變成紅色之前不要摘下來，就會長得很漂亮喔。」

「外婆，我跟妳說，我覺得圓圓的超可愛。」

涉的眼神閃閃發亮。

「這麼髒，不要東摸西摸，趕快去洗手。」

雅美厲聲斥責。涉可能經常被罵，因此乖乖地跑去洗手台。雅美晚年得子，照理說應該更加疼愛孩子，但是如果我多說幾句，雅美一定會更不高興。

鍋子裡的食材煮得差不多了。我「嘿喲」一聲起身，走回廚房。煮完味噌湯之後再炒個茄子，今天的晚餐就完成了。

「妳多少也幫忙一下。」

雅美聽到我這麼說，邊滑手機，邊打著呵欠。

「至少回娘家的時候，讓我過得輕鬆一點嘛。」

我故意大聲嘆氣，開始準備茄子。把油油亮亮的紫色圓茄子切開後，然後灑撒上一層薄薄的太白粉，看起來就像粉末般的雪花。

「外婆，我洗過手了。我跟妳說——」

涉又開始說話，我一邊點頭，一邊繼續下廚。在加熱平底鍋時，把味噌加進鍋子內的湯裡，聞到熟悉的香氣，鬆了一口氣。

時序進入九月，雖然早晚開始變涼，但炒菜時還是覺得很悶熱。我擦著額頭上的汗水做著晚餐。幾十年來都是如此，之後仍會持續下去。

在我下廚時，他們母子兩人還是不停地叫著『媽媽』、『外婆』。丈夫謙治差不多要回家了，如果不趕快完成晚餐，又會多一個不高興的人。

「小涉，你要來幫忙嗎？」

涉聽到我這麼問，立刻逃走了。他們母子還真是一個樣。

真是拿他們沒辦法。我調整心情，正準備起鍋時，聽到玄關的門打開的聲音。

「慘了。」

雅美動作敏捷地拿起手機，逃回裡面的房間。涉哇哇大叫著，跟著雅美跑進去。

這棟平房很像以前的町屋，是縱向很深的房子。以前曾經嚮往兩層樓的房子，但是到了目前腰腿都很不方便的這個年紀，就很慶幸是平房。

走廊上傳來嘎吱嘎吱的腳步聲，謙治走了進來。他的西裝和早上出門時一樣，完全沒有皺褶，領帶像是剛繫上去一樣筆直。比我大三歲的謙治已經退休了，但是原公司重新回聘他，他目前還在以前那家公司上班。

「你回來了。」

我接過他的公事包。

「我回來了。」

謙治說完，又沿著走廊走回房間。

他會去洗手、漱口。花三分鐘換衣服，五分鐘後，就會出現在餐桌旁。

完成主菜後，裝在大盤子內，放在餐桌上。把涉專用的小盤子和湯匙放在桌上，然後開始裝味噌湯。在機械式地做這些事時，覺得今天的準備工作比平時慢了些。

謙治換上居家服後，在餐桌旁坐下來。

「還沒好嗎？」

他板著臉問。和謙治結婚多年，我很清楚他很不耐餓。

「馬上就好。」

可能因為慌忙把味噌湯放在桌上的關係，有少許湯灑在桌上。我立刻擦乾淨，重新放在桌上。

「報紙。」

「給你。」

「茶。」

「好，馬上來。」

平時都在他開口之前，就會把報紙和茶送到他手上，今天果然稍微慢了幾分鐘。他每次提出要求時都只說單字，我回答後，叫著雅美。雅美沒有打招呼說「爸爸，你回來了」，就在餐桌角落坐下，然後讓涉坐在她和謙治之間。

「外公，你回來了。」

「嗯。」

謙治對孫子的態度很冷淡，只是輕輕點點頭，就開始看報紙。

和他結婚超過四十年。我向來認為和一板一眼的謙治結婚是正確的決定。

「大家久等了，可以開動了。」

我說完後，只有涉很有精神地拍手大叫一聲：

「開動了！」

謙治看著報紙，拿起筷子。雅美嘟噥著：「呃！是茄子。」

「我今天要和外公一起睡。」

涉吃著大塊的茄子，興奮地提出要求。

「好。」

謙治淡淡地回答。雖然我覺得謙治的態度很冷淡，但可能有些事，只有男人才懂，所以涉和謙治特別親。

「外公，你今天晚上不可以先睡著。」

「那我們來比賽。」

謙治露出一絲笑容，但是下一瞬間，視線又移回報紙上。我看著他們爺孫倆，在椅子上坐下。在所有人都開始吃晚餐後，我才輕輕合起雙手。

「開動了。」

今天工作的重頭戲終於完成了。我暗自鬆了一口氣。

接下來只要專心咀嚼食物。謙治不喜歡在吃飯的時候聊天。

這就是我的日常。

——如果我可以守護妳。如果可以回到那一天，我好好守護了妳，妳會原諒我嗎？

「為什麼？」

雅美發問時總是不說主詞。

我擦拭著剛洗好的碗盤看著她，她洗完澡，卸了妝，正在滑手機。那個小螢幕有這麼大的樂趣嗎？我沒有手機，從好幾十年前，就已經放棄使用據說在持續進化的手機。

謙治吃完飯就去泡澡，然後說聲「我去睡了」，就走回臥室。和謙治一起泡澡的涉也跟了進去。

我把最後的盤子放進碗櫃，關掉水槽上方的燈。和平時一樣，時鐘剛好指向九點半。

我在雅美面前坐下，她瞥了我一眼，似乎在等我的回答。

「妳不告訴我妳問的是什麼，我要怎麼回答？」

我在說話的同時，合起雙手，把兩隻手的手肘碰在一起，手臂緩緩舉起，然後又放下。

「在做什麼運動？」

「不久之前，三之日公民館舉辦了體操教室，聽說可以改善肩膀痠痛，但是體操教室的名字竟然叫『高齡者體操教室』，真是太沒禮貌了。」

我用力吐氣，上下活動著手臂，覺得肩胛骨周圍似乎放鬆了。

「呵呵。」雅美乾笑了兩聲，「妳就是名符其實的高齡者啊。」

我不禁有些不悅地板起了臉。

雅美把手機放在桌上，把臉湊到我面前。

「我剛才就想問，妳為什麼會嫁給爸爸？」

「啊？什麼意思？」

「爸爸一直都沉默寡言，而且整天板著臉，偶爾說話也只是說單字而已。」

雅美看向臥室，小聲地說。我忍不住對著她苦笑。

「那是因為妳在這裡啊，只有我們兩個人在家的時候，偶爾會聊天。」

「騙人，以前學校不是曾經在三之日公民館的義賣會擺攤嗎？那時候，他也完全不說話，我一直以為所有人的爸爸都像他那樣，結果看到其他同學爸爸的樣子，讓我超震驚。」

雅美瞪大眼睛。她已經不止一次提到這件事。那次義賣會時，謙治的確只是在那裡，完全沒有加入其他家長的聊天，其他同學的媽媽還問我：『他是不是在生氣？』

「男人要話少一點比較好，媽媽不喜歡話多的男人。而且爸爸很喜歡妳，無論是運動會，或是入學典禮、畢業典禮，他不是都會請年假去參加嗎？」

「是嗎？」

雅美難以認同，她的嘴巴和眼睛的形狀和謙治很像。雖然如果我這麼說，雅美一定會激烈反駁。

「當然啊，爸爸用他的方式關心妳。」
「我喜歡更會社交的人，想要建立氣氛開朗的家庭，所以才選了那個人。因為他的性格和爸爸完全相反。」
雅美激動地表達自己的主張，我想起她的丈夫隆弘。從事業務工作的隆弘待人親切，很有活力。之前上門道歉時，還誇張地九十度鞠躬。
「那妳就趕快回到心愛的丈夫身邊啊，總不能一直住在這裡。」
「幹嘛扯到這個？是我在問妳問題欸。」
「好，好。」
我點點頭。
「但是啊，」雅美懶洋洋地說，「爸爸不是有點像武士嗎？」
「武士？」
「沉默寡言，不會囉唆，很有一家之主的感覺，但如果用負面的方式形容，就是冷淡，隨時好像在生氣。妳到底喜歡爸爸哪一點？」
雅美一臉好奇，我閉上了嘴。

我看向時鐘，然後起身。和謙治一起生活後，我經常看時鐘，養成了定時做固定的事的習慣。

「媽媽要去洗澡了，下次再繼續聊。」

「啊？話說到一半就逃走嗎？」

雅美半開玩笑，半指責地說，我故意瞪了她一眼。

「我明天還要去寸座。」

「啊，妳上個月也這麼說，然後一大早就出了門。三之日到寸座的距離不是很近嗎？」

「但是火車的班次很少，而且如果不在中午過後回來，就來不及準備晚餐，還是妳要負責做晚餐？」

雅美聽到我這麼問，才終於閉嘴。

「晚安。」

我向她道了晚安後，打開廚房的門，沿著走廊走進更衣室，關上門。終於有了獨處的時間。

我靜靜地嘆氣，以免被人聽到。無論我怎麼說明，雅美應該都無法瞭解謙治的優點。

洗衣機內放著折得整整齊齊的襯衫和內褲，雖然馬上就要洗了，但謙治每次都會折好才放進去。多年來一直如此。

……那我呢？

我在洗手台前的鏡子中看到自己的臉。年輕時的我和現在的我不一樣嗎？

我幾乎快想起往事，立刻停下，把即將浮現的記憶趕出腦海。

多年以來，都一直在重複同樣的事。

——對我而言，妳是珍貴的寶物。不知道在妳眼中的我，又是什麼樣的存在？肉眼看不到感情，只能把內心的不安吞下肚。

當初是謙治提議，在天龍濱名湖鐵路三之日車站走路兩分鐘的地方，建造目前居住的房子。雖然這裡目前很冷清，但是當時充滿日後將繁榮發展的預兆，只不過等了很多年，始終沒有等到發展，但我現在反而喜歡車站前這種寧靜的感覺。

走去車站時，都會看到倒閉的小鋼珠店招牌。招牌被從濱名湖吹來的海風吹得褪了色，用大字寫的店名快消失不見了。

走進車站，在月台上等了一會兒，列車從遠處駛進月台。我每個月都會在這裡搭車去寸座站一次。年輕時，經常一路搭去濱松車站，但是因為要換車有點麻煩，而且最近要去時，都會由謙治開車。

列車緩緩停下，我從後方上車，拿了從長方形的機器吐出來的紙片。紙片上印著車站的號碼，下車時，必須按照號碼，對照駕駛座上方的車資表支付車費。我在附近的座位坐下後，列車緩緩出發。

每次看向右側的濱名湖，內心就會隱隱刺痛。這四十五年來，我一直視而不見。雖然是漫長的歲月，但是在轉眼之間，就活到了這個年紀。

列車抵達寸座站，我把錢投入收費箱後，下車站在月台上。

從位在高地上的這個車站，可以眺望下方的濱名湖。另一側的山上鬱鬱蔥蔥，一隻蟬孤單地叫個不停，有一絲夏天的餘韻。

「喵嗚。」

順著聲音傳來的方向看去，發現黑貓咕嚕在那裡。

「咕嚕，好久不見。」

「喵嗚。」

我拿出裝在皮包裡的小魚乾餵牠，牠開心地吃著。我們就像是每個月只見一次面的好朋友。

看向碎石子路外，寬敞的大馬路對面仍然保留了很多的回憶。我的娘家就在寸座，我在這裡出生、長大。我怔怔地看向濱名湖，覺得和那一天的景色完全一樣。

我對還在專心吃小魚乾的咕嚕道別說「改天再來看你」，然後走在人行道上。以前的馬路沒有這麼寬，目前鋪了柏油的那段路好像叫『坡頂』……

過了馬路，開始爬上陡坡。下個月來這裡時，這座山會染上秋天的色彩。半山腰有一塊空地，那裡是我老家所在的位置，目前只有不知名的草木在風中搖晃。雖然房子已經拆除多年，但遲遲找不到買家，所以就留在那裡。

沿著小路繼續往前走，左側出現一棟老舊的日式房子。房子很大，院子裡的樹木也整理得很好。這棟房子的主人已經去世多年，但房子仍然留在那裡。

我每個月來寸座一次的理由，就是來這裡拔草。聽說房子沒人住容易壞，事實上，隔壁的空房子除了雜草叢生，房子已漸漸褪色。

我從掛在肩上的皮包中拿出棉手套和垃圾袋，把水壺放在簷廊上。雜草在大院子裡恣意生長。

今天可能會很熱，所以要盡早完成……。我這麼想著，然後開始專心拔草。

每月一次來這裡拔草的時候，我會回想起往日的回憶。那是我所擁有的短暫自由時間。

『他』以前住在這裡，他的父母也在這裡過著平靜的生活。

『多惠，我會讓妳幸福。』

我好像聽到了這個熟悉的聲音。那一天，莊太對我說了這句話。

只要靜靜地閉上眼睛，那一天的他就會出現在眼前。

✦

『多惠，我會讓妳幸福。』

莊太走下列車，就開口對我說了這句話。我們每天下班，都會相約在寸座站見面。那天我在車站等準時下班回家的莊太，準備一起回家。

『啊……你、剛才說什麼？』

我問，莊太害羞地臉紅，邁開步伐說：『好話不說第二遍。』

『等一下。』

『我不要。』

我追了上去，莊太終於放慢腳步。他瞥了我一眼後，沿著山路往上走。

莊太在濱松站附近的紡織廠上班，今年五月就滿二十歲。我是四月出生，比他早一個月成年。我在三之日車站附近的觀光協會上班，我們都在高中畢業後就立刻找了工作。工作了好幾年，不能再稱為職場菜鳥，但還無法成為核心戰力。

『你剛才是在求婚嗎？』

我鼓起勇氣問。

『大概是吧。』

這種回答太敷衍了。我們從高三那一年開始交往，至今已經兩年。我之所以決定畢業後在本地工作，很大的原因是因為莊太決定留在老家。我猜想他遲早會向我求婚，但做夢也沒有想到，今天就是他求婚的日子。

『我的工作很順利，所以差不多該考慮這件事了。』

莊太抓著鼻頭。

『嗯。』

我費了很大的勁，才終於點點頭。

『原本打算在正式的場合說，但是，這種事情，最重要就是心動馬上行動。』

身材乾瘦的莊太轉頭對我說，聳聳肩。

『嗯。』

『你從剛才就只會說「嗯」，星期天，我可以去妳家提親嗎？』

『喔，嗯。』

糟糕。我真的從剛才，就一直在說『嗯』，莊太可能以為我還在猶豫，但是我又說不出其他的話。

莊太看到，呵呵一笑，停下腳步，轉頭看向後方。我順著他的視線看過去，看到夕陽映照的濱名湖。晚霞把水平線染成了紅色，似乎在強調和濱名湖的界線。

『好美啊。』

『……是啊。』

莊太用細瘦的手指握住我的手。我喜歡他細瘦、漂亮的手指。

『有遊覽船。』

莊太伸出一隻手指向前方，有一艘小小的、紅色船身的客船。雖然我從來沒有搭過最近開始運行的遊覽船，但是我相信從船上看到的濱名湖一定很美。

『妳以後要搬來我家一起住，可以嗎？』

莊太問，我看向他，發現他的臉頰被染成了夕陽的橘色。

『但是……你哥哥呢？』

『哥哥說，公司要派他去外地，暫時會住在名古屋。我和他討論跟妳結婚的事，他叫我住在家裡。』

我不知道他已經和家人討論到這些事。

我們住得很近，都在這裡出生、長大。我家離莊太家走路只要三分鐘，我們算是所謂的青梅竹馬。在雙方的父母眼中，我們以後結婚似乎是早就決定的事。

但是，我並不是基於這個理由，純粹只是喜歡莊太。開始交往後，我喜歡他無論做任何事都全力以赴的樣子，雖然他很瘦，但我覺得他值得依靠。

『日本目前以驚人的速度成長，不是已經有新幹線和東名高速公路嗎？』這一帶也有造了很多年的高速公路，每次想到那條寬敞的公路可以一路開到東京，就覺得很不可思議。

『我工作的紡織工廠會持續發展，雖然現在薪水不高，可能會讓妳過得有點辛苦，但是我一定會讓妳幸福。』

莊太說話時並不是用開玩笑的語氣，而是靜靜地對我說，可以感覺到他經過深思熟慮。我點點頭。

『那以後就請多關照。』

無論發生任何事，只要和莊太在一起，就可以好好生活。我對此深信不疑。

之後，雙方父母一起出席的餐會也很順利，我可以感受到婚事有了進展。雖然結婚戒指並不是很昂貴，但是閃著金光的戒指，無論看幾次，都帶給我滿滿的幸福。

那個時候的我，內心充滿希望。在那個遙遠的往日，深信和莊太將走向幸福。

——當我向妳表達心意時，妳不知所措地點頭。我假裝沒有察覺，只是帶著淡淡的笑容掩飾內心的悲傷。那場求婚眞是糟透了吧。

✦

進入十月之後，氣溫一下子降低了。尤其早晚，一天比一天冷。

上個月去莊太家拔草後不久，雅美就帶著涉回去東京。她笑著說『我要回去了』，然後就跟著上門來接她的隆弘一起回家了，難以想像她之前那麼生氣。雖然家裡突然安靜下來，感覺有點寂寞，但我鬆了一口氣。

泡完澡，像往常一樣擦著化妝水，看著自己的臉。我是否該叮嚀雅美『對自己的丈夫好一點』？

雅美自由自在地長大，至今仍然有點孩子氣。這幾年，她回娘家的次數越來越頻繁，讓我覺得自己沒有教好她。謙治雖然很嚴肅，但是似乎很樂意見到孫子，所以從來不會數落雅美。既然這樣，就必須由我——

「沒辦法……」

我嘀咕著，用手掌把乳液搓開。在白色液體搽上臉時，閉上眼睛。莊太的臉再次浮現在腦海。

我並不是沒有放下和他之間的感情，但是，那件事之後，我整個人都變了。無論和誰相處，都會有所顧慮，無法表現出自己真實的樣子。雖然覺得這麼大年紀了，這樣很沒出息，但既然多年以來都是如此，就覺得這就是我原來的個性。

我對和謙治的生活沒有任何不滿，自認為很愛丈夫。既然這樣，就應該忘記往事回憶。

我關了洗手台的燈，走回廚房。

「啊喲。」

沒想到謙治竟然還沒有睡。我和戴著老花眼鏡，正在看報紙的他一起生活已經四十四年了。

「要不要喝茶？」

「好，我口渴了，拜託了。」

雖然只是很平常的對話，在只有兩個人的寧靜夜晚，夫妻之間的簡單互動，但是，從謙治話語中感受到的溫柔，讓我心情放鬆了些。

和謙治的夫妻生活，就像是濱名湖上的小船。當我被捲入狂風暴雨受了傷時，謙治拯救了我。雖然不是豪華客船，但小船悠然地浮在湖面，療癒了我的創傷。

「鈴木太太送了點心，要不要吃？」

「喔！」謙治聽到我這麼說，叫了一聲。「是橘饅頭嗎？」

在附近開和菓子店的鈴木太太有時候會送橘饅頭，謙治以前就很愛吃。

我把橘饅頭和茶一起放在桌上，謙治把報紙放在一旁，立刻吃了起來。

我在他的對面坐下來後，喝著茶。

「真是好吃。」

淡淡橘色的外皮讓人想到晚霞。我甩開想要遺忘的過去，回答說：

「是啊。」

我靜靜地聽著兩個人喝茶的聲音。

「妳學會怎麼用手機了嗎？」

「手機？啊喲，我放去哪裡了？」

雅美說，萬一聯絡不到我會很傷腦筋，三個星期前，硬是拿了一支手機給我，我至今仍然不知道該怎麼使用，好不容易才學會怎麼接電話，但經常忘了充電。

「喂喂，這不是失去了手機的意義嗎？」

謙治發現手機倒扣在客廳的茶几上，立刻幫我拿去充電。紅燈亮起，手機開始充電。

「活到這把年紀，很難再學新的事。」

謙治聽到我這麼說，笑了笑。「那倒是，跟不上時代的潮流，但是以前的事倒是記得很清楚。這就是老人。」

「沒錯。」

我露出微笑，莊太的臉又浮現在腦海。我早就放下和他之間的事，已經成為謙治的妻子……。為什麼他就像亡靈一樣不時出現，讓我感到痛苦？

可能因為我坐在那裡發呆，猛然發現謙治注視著我。我用眼神問他：「嗯？」

「不，其實……」

看到謙治一副難以啟齒的樣子，我才想到，他明天要上班，這麼晚還沒去睡覺，顯然有什麼事要和我說。我正襟危坐，謙治把一張紙遞到我面前。

「後天星期四，可以請妳幫個忙嗎？」

「後天？」

後天是十五日，我要去寸座。謙治察覺我的擔憂，簡短地回答說：

「我知道。」

謙治知道我每個月都會去那棟房子拔草。

「我要請妳幫的忙也是在寸座，可以請妳三點的時候跑一趟這裡嗎？」

「三點嗎？」

便條紙上寫的地址就在寸座站旁，離我老家那裡很近。謙治接著把放在桌子角落的一個小紙盒放在我面前。白色的紙盒差不多手掌般大小，側面印著謙治任職那家公司的標誌。我只知道他們公司生產零件，但不太清楚詳細的情況。

「是要交給客人的貨品嗎？」

「對，那家店似乎在蒐集關於海洋的東西，這很重要，公司希望可以派人親自送去。」

「海洋？原來你們公司也生產這種東西。」

我以前從來沒有聽說這件事，所以很驚訝。

「可以請妳幫忙送過去嗎？」

謙治有些不好意思，這很少見。

「當然沒問題。」

但是，如果三點去那裡，就來不及準備晚餐……

「等妳送到之後，用手機和我聯絡一下。我們在外面吃晚餐。」

那就沒問題了。我暗自鬆了一口氣。我們已經多久沒有在外面吃飯了？因為我喜歡在家裡吃飯，幾乎很少外食。

「剛好可以學一下怎麼用手機。」

我點點頭，謙治放心地喝完茶，走出客廳。

——我曾祈願與妳一起幸福，妳也如此希望。那時我們的選擇並不是錯誤。所以，請妳——別後悔我們的相遇。

✦

和莊太的婚事決定之後，每天都很忙碌。

我在婚禮的三個月前離職。那陣子身體狀況一直不理想，再加上忙婚禮的事，所以的確累壞了。

莊太總是很溫柔，而且很期待能夠早日一起生活。他經常說會帶給我幸福，我相信那是他的真心話。

那是八月底，某個下雨的午後。我記得家裡的電話響了。一個自稱是莊太公司主管的男人在電話中說：『壓燙機機械故障，導致他的手臂夾進了機器。』起初我並沒有想到是在說莊太。

當我衝出家門時，看到早一步接到通知的莊太母親哭著跑過來。

之後的記憶很模糊，像照片般的靜止畫面深深烙印在我的記憶中。

昏暗的走廊上，「手術中」的燈看起來格外紅。

醫生一臉愁苦，說：『無法把神經接回去。』

取消婚禮那一天。

莊太復健的背影。

還有最後和他說話的那一天。

『希望所有的事，就這樣算了。』

他低著頭，說了這句冰冷的話。那是莊太對我說的最後一句話。

算了？他是指結婚的事？還是指我？我搞不清楚，每天以淚洗面。我對這個世界絕望了，覺得活著沒有意義，但因為某個理由，讓我無法了斷自己的生命。

有一天，莊太離開醫院，然後就失蹤了。我們之間的關係真的斷了。我們以前形影不離，他竟然沒有道別，就從我的面前消失了。

日子如流水般過去，我在隔年和謙治結了婚。這就是我的人生。

✦

今天是十月十五日。莊太失蹤至今已經整整四十五年。我拎著皮包，裡面裝著謙治交給我的那個盒子，看著便條紙尋找著。濱名湖畔的路比以前更整潔了。這是理所當然，時間在流逝，我已經不是二十歲的我。

雖然我也考慮過拔完草再去，但又不想滿身是汗水和泥土去送東西，於是就計算了出門的時間，在三點整到這裡。我打算明天再來拔草。

走了一會兒，目的地的「海洋」突然出現在右側。那好像是一家咖啡店，白色的牆壁令人印象深刻。以前我住在這裡時，並沒有這家店，但看起來不算很新。

我推門而入，說了聲「你好」，一個繫著灰色圍裙的白髮紳士從裡面走出來。

「歡迎光臨。」

他親切笑著，準備為我帶位。我急忙從皮包裡拿出盒子。

「不好意思，我只是來送東西。」

我把紙盒交給他，他「喔喔」回應，露出笑容，眼尾的魚尾紋變得更深了。

「您是渥美先生的太太嗎？他有說今天會送到。」

「對，那就交給你了。」

我向他鞠躬，老闆看了一眼牆上的掛鐘後，拉開吧檯角落的椅子。

「請坐。」

「好……但是……」

「別擔心，渥美先生已經先幫妳點了飲料。」

我聽從他的建議坐下，他拿著紙盒走去後方。

店內播放著悠揚的音樂，仔細打量後，發現店內放滿各種和海洋有關的物品。在我的座位附近，也有濱名湖的照片，左側有像手腕般粗的繩子和船錨。

「讓妳久等了。」

當我回過神，發現老闆已經把熱紅茶端到我面前。

「啊，謝謝。」

我從來沒有獨自走進咖啡店的經驗，不知道該如何應對，向老闆鞠了躬。

老闆走回吧檯內側，稍微打開紙盒，看到裡面的東西，瞪大眼睛。他似乎收到他要的物品，會心一笑，我終於鬆了一口氣。

雖然謙治說，今天晚上要在外面吃飯，但現在回家開始準備，應該還來得及。

這麼一想，就希望眼前的紅茶快一點變涼。如果被人知道我在寸座享受悠閒，這一帶的鄰居一定會說三道四……。我很訝異自己會有這種想法。已經隔了這麼多年，根本沒有人在意我。雖然當年發生那樣的事，讓我在地方上出了名，但是現在不一樣了，現在應該沒有人記得我。

我拚命把紅茶吹冷，喝了起來。

「今天的天氣真好。」

站在吧檯內的老闆看著窗外說。

「對啊，真是好天氣。」

店內的爵士樂填補短暫的沉默。

不一會兒，老闆問我：

「妳有想見的人嗎？」

「……啊？」

我聽不懂他的意思，他微微歪著頭說：

「會不會想和再也見不到的人，再見一次呢？」

我慢慢咀嚼著他這句話的意思，立刻想起莊太的笑容，以及他低著頭憂傷的表情，以及悲傷的背影。

「沒有。」

我明確回答。老闆用力點點頭。

「對不起，我問了奇怪的問題。要回去了嗎？」

「是，我要趕火車，那就告辭了。」

我站起身時回答，老闆又點了一次頭。

「請欣賞一下濱名湖的夕陽，今天的晚霞一定很美，妳一定沒見過這麼美的晚霞。」

「……好。」

那時候，曾經看過很多次晚霞。在等待莊太搭的列車進站期間，我總是不知厭倦地看著暮色漸漸籠罩的天空。無論是多麼快樂和幸福的記憶，都因為結局的悲慘而褪了色。

我嘆了一口氣，擺脫往日的記憶，向老闆道謝後，走出了咖啡店。現在是四點多，比昨天更低垂的太陽很耀眼。

來到月台，為了躲避太陽，我坐在站房內的長椅上。下行的列車很快就會進站。

謙治請我送貨，對我來說是一場大冒險。在完成使命的充實感之後，感覺到一絲疲勞。遠處的濱名湖閃著金光，有點像那天收到的戒指。也許是因為這樣，所以我不喜歡夕陽。

不知道哪裡傳來音樂聲。我以為是里民廣播，但聲音好像特別近……

「啊。」

我發現聲音從皮包裡傳來，慌忙翻找後，發現手機在震動。手機螢幕上出現了『謙治』的名字。我按下有電話圖案的鍵，才想到那是結束通話的按鍵。

「慘了，我應該按綠色那個……」

我用食指觸碰一片安靜的螢幕，螢幕上出現了天氣預報，讓我更著急了。幸好手機又響起謙治的來電鈴聲，這次終於順利按下綠色的通話鍵。

「喂？對不起。」

我對著電話說，電話彼端傳來謙治無奈的聲音。

『又按錯了嗎？』

他可能在公司，電話中傳來嘈雜的背景聲。

「對不起，我不小心按錯了。」

我在回答時，想起一件事。

……慘了。

「我是不是答應你，東西送到之後，要打電話給你？」

『妳終於想起來了嗎？』

謙治呵呵一笑，我很慚愧。一心想著要完成任務，完全忘了這件事。

「我太緊張了，我剛送完出來，等一下就會搭火車了。」

『不去舊房子拔草嗎？』

「嗯，改天再來。」

『這樣啊——』

謙治突然陷入沉默。不知道他是不是走去走廊，剛才嘈雜的聲音消失了。

「喂？」

『嗯，我有聽到。』

我覺得他的聲音好像突然變近了。他說話的方式和平時不一樣，聽起來很溫柔。

『如果妳現在到車站了，不要搭下一班車，先去坐在「相聚椅」上。』

「相聚椅？」

『月台角落不是有一張木製長椅嗎？』

我起身，走出站房外，車站左側角落的確有一張長椅。

「可以等我一下嗎？」

我走過去，用指尖摸了一下，發現長椅已經劣化，椅面有好幾道裂縫。

「是這張嗎？圓形的……」

『坐在那裡，看到的濱名湖和天空很美。在晚霞消失時，可以看到月亮從水平線升起。』

我聽從他的建議，在長椅上坐下。風景真的很美，水平線漸漸變成橘色。

我搞不懂謙治的意圖，看著濱名湖和天空。

『到今天滿四十五年了。』

謙治喃喃說著。

「謙治……」

『那一天，莊太離開至今已經四十五年了，那時候，妳才二十歲。』

肚子內好像突然出現像鉛塊般沉重的東西，我忍不住用手摸著肚子。原來謙治記得……

『隔年，我向妳求婚，我們結婚四十四年了。人生真的一轉眼就過去了。』

「是啊……真的是這樣。」

『不知道莊太目前在哪裡，在做什麼。』

謙治很久沒有提莊太的名字了。那次之後，我從來沒有提起，謙治也一樣。

在慢慢流逝的歲月中，謙治拯救了我，讓我得到幸福。

「謙治，我一直想問你一個問題。」

『嗯嗯。』謙治聽到我這麼說，立刻在電話彼端回答，似乎早就知道了。

「莊太……是不是已經離開了這個世界？」

我終於問了一直想問，但覺得不該問的問題。謙治在電話彼端輕聲呼吸著，最後用力吸氣。

『對，他死了。』

即使聽到這個消息，所感受到的衝擊並沒有原本想像的那麼大。八成是因為我很多年前就已經猜到了。莊太並不是失蹤，而是在那一天自殺了。

雖然內心早就知道幾乎確信的答案，但是在今天之前，我都不敢確認這件事。

『我無論如何都沒辦法告訴妳這件事，對不起。』

「……原來是這樣。」

不管是什麼理由，答案還是一樣。莊太那天決定拋下我離開。這個事實無法改變。

「謝謝你告訴我，因為我一直很在意這件事。」

『是，我知道。』

我並沒有失落，終於知道真相的滿足感傳遍全身。這麼多年來，我一直希望有人告訴我這個答案……。不，也許我內心深處早就知道了，只是不願意承認而已。

「火車快來了，今天要不要在家裡吃飯？」

因為我想瞭解莊太的詳細情況。一旦充分瞭解封印的過去，就可以成為邁向未來人生的動力，但是，謙治簡短地說了聲「不要」。

『對不起，我想請妳繼續在那裡看著夕陽，在這一刻，好好回想莊太的一切。東西很快就會送到妳的手上。』

「東西？」

在我發問的同時，列車進站了。列車發出聲音停下，司機確認我並不打算搭車後，列車在月台上停下片刻後離開了。

『請妳拿著那樣東西，在那裡回憶莊太。』

「這是怎……」

『至少在他的忌日，可以好好思念他。我相信妳，也不會吃莊太的醋，所以放心。』

「謙治……」

『當晚霞消失，妳再回來我們的家。』

我們的家……

我內心湧起一股暖流。

「好。」

掛上電話，天空中的藍色比剛才更深，水平線彷彿在燃燒一般。

單線鐵軌傳來聲音，往掛川方向的列車進站。在目送列車離去時，我感覺到內心漸漸平靜。

我聽到腳步聲，看向聲音的方向，一個年輕男人迎面走來。他穿著鐵路公司的制服，應該是站務員。但是，寸座站是無人車站……

我正感到納悶，他把手上的盒子遞到我面前。我看到那個盒子，大吃一驚。

「這不就是剛才……」

「海洋咖啡店的老闆要我轉交給妳。」

那是我剛才送去的小紙盒，為什麼又拿給我？

我好奇地看著站務員，他嘴角浮現淡淡的笑容。

「這好像是妳的東西。」

「啊……這太為難了。」

但是，站務員走向站房，然後就不見了。

怎麼辦……？我把東西送到了，對方卻還給我，難道是不滿意嗎？

打開一看，發現紙盒內鋪著白色棉花，我拿起放在棉花上的東西。

我發現自己的手在顫抖。閃著金色的東西……那是莊太給我的訂婚戒指。

為什麼當年的訂婚戒指會在這裡？謙治為什麼把這個戒指給咖啡店的老

闆？今天之前，這個戒指在哪裡？

內心不斷冒出各種疑問，然後想起了謙治剛才說的話。

我舉起戒指，從戒指中看出去，看到晚霞映照的橘色天空。

「莊太……」

在他對我說『希望所有的事，就這樣算了』之後，只有一開始的時候，我想見到他。不久之後，我開始心灰意冷，放棄這種願望，一直活到今天。

但是……此時此刻，我想見到莊太。我想見到他，有些話，我無論如何都必須告訴他。

抬頭一看，晚霞滿天，然後隱約聽到了什麼聲音。我豎起耳朵，發現是列車的聲音。

「怎麼會……？」

剛才上行和下行的列車都已經開走了，三十分鐘後，才會有一班列車……

轉頭一看，一輛散發出耀眼光芒的列車從開始染上紅葉色彩的樹木隧道中現身。車身散發出夢幻的光芒，就像是我握在右手上的戒指的顏色。

列車緩緩停下，一名男子走下車。我看到他的臉，頓時大吃一驚。

「莊太……？」

我難以置信地看著當年的莊太向我走來。

這是……做夢嗎？

乾瘦的莊太低著頭，在我面前停下。

「嗨。」

他用一個字向我打招呼。這就是他的聲音。大腦打開記憶的抽屜。所以，他真的是……莊太？

「我可以坐下嗎？」

「喔，好。」

我坐在長椅的左側，莊太鞠躬後，在我旁邊坐下來。

「你是……莊太？」

熟悉的臉龐，就在我的眼前。

「不要一直盯著我看，我會想要逃走。」

聽到這個熟悉的聲音，我回想起他向我求婚的那一天。莊太發誓『我會讓妳幸福』的真誠眼神，和一片橘色的天空。我似乎可以聞到濃烈的青草味，有點喘不過氣。

「為什麼？……這到底是怎麼回事？」

我手足無措，莊太一臉驚訝。

「妳是在完全不知情的情況下做這件事？」

「什麼意思……？」

「就在萬里無雲的傍晚，只要專注想著思念的人，晚霞列車就會出現之類的。」

莊太口齒不清地嘀咕後，把頭轉到一旁。

然後，他看著其他方向開口。

「我知道了，原來是哥哥。」

「啊……」

「是哥哥計畫這一切。是不是他讓妳來這裡，然後讓妳見到我？」

謙治和莊太是兄弟，他們家只有他們兩個兄弟。在莊太失蹤的一年後，我接受他哥哥謙治的求婚。

我突然想起謙治剛才說的話。

『在這一刻，好好回想莊太的一切。』

謙治的確很少要我幫他做什麼事，他突然要我送東西到寸座，難道是為了讓我和莊太重逢？海洋咖啡店的老闆，和剛才的站務員，都是受謙治之託？啊啊，真的把我搞糊塗了。

「其實我上個月見到了哥哥。」

「啊？」

莊太抓著頭。

「他一見到我，就突然打我。現在仍然很痛。」

他聳聳肩。

「你和謙治……」

「哥哥可能不知道在哪裡聽到了晚霞列車的傳聞，我猜想他希望妳也能夠見到我，但是我完全沒想到，妳竟然在毫不知情的情況下來和我見面。」

啊哈哈。莊太笑了之後，以嚴肅神色說：

「我錯了，我真的很對不起妳。」

說完，他向我鞠躬。

我說不出話，莊太重重嘆氣。

「我到現在還是搞不懂當初為什麼會自殺，只知道當時一心想要逃離世界。我想那時候精神狀態應該出了問題。」

「莊太……」

「但是，我還是不應該了斷自己的生命。我逃避結婚，逃避了妳肚子裡的孩子。」

我感到整個視野在搖晃，淚水情不自禁地流下。我假裝找手帕，在皮包裡翻找著。

「對不起。」

莊太再次道歉。

莊太離開時，雅美已經在我的肚子裡了。

我拚命尋找莊太的下落。父母勸阻我。肚子越來越大。然後——謙治就向我求婚。

往事同時湧上心頭，我痛苦不已，無意識地用力咬著嘴唇。

「我很對不起哥哥，總之，我真的很糟糕。」

莊太好像在自言自語。

「也許是因為我自殺，所以受到懲罰。妳看我的左手。」

他活動了身體，但是左手臂完全沒有動。

「孩子……還好嗎？」

「對，她很好。她叫雅美。」

莊太深深點點頭。我看著他的樣子，似乎看到內心混亂的風暴漸漸平息。

「莊太，我有話要說。」

「我已經做好了心理準備，妳怎麼責怪我都沒問題，也可以打我。」

莊太直視著我。

他是我曾經愛過的人，曾經深信，可以和他一起永遠幸福的人。

我無法責怪他。換成是我，如果發生那樣的意外，受了傷，我可能也會失去理智。

我用力握著右手上的戒指。我深深希望對他的思念可以升空，從此消失，然後把金色的戒指放在他的右手上。

「這個還給你。」

在晚霞漸漸消失的天空下，戒指已經不再閃耀光芒。我知道糾纏我多年的眷戀，也即將迎接終點。

「莊太，謝謝你。」

莊太看到我鞠躬道謝，意外地皺起眉頭。

一定要告訴他。那些一直想說卻沒說出口的話，現在就是唯一的時機了。

「你離開之後，我真的痛苦極了；但是，我遇到謙治。雖然我之前就知道他，但是在我眼中，他就只是你的哥哥。是啊……我以前只記得他很冷淡，整天板著臉。」

「我哥哥超級怕生。」

「但是，謙治拯救了我，是他幫助我，然後，我對他的感情漸漸變成了愛。」

謙治只有和我在一起時，才會露出笑容。他在外面時，整天不苟言笑，但是我知道，他比任何人更溫柔。

「我和謙治結婚後很幸福，我很希望有機會遇到你，告訴你這件事。」

淚水已經不再流，我很自然地浮現笑容。

「這樣啊。」莊太聽了我說的話，簡短地說。

「我以後也會好好活下去，所以，謝謝你。」

莊太輕輕點著頭，夕陽在他的身後，在天空中留下最後一抹紅色。經過四十五年的歲月，我們即將迎接永遠的告別。

「多惠，即使妳上了年紀，還是這麼漂亮。」

當他最後說這句話時，我似乎看到一直扛在肩上的重擔升空了。我坐在長椅上，目送著莊太重新搭上列車。

再見，我曾經愛過的人。我輕輕揮手，莊太對我大力點頭。當晚霞從天空消失的同時，遠去的列車像融化般消失不見了。

我並沒有悲傷，只有一種從今天開始，邁向新起點的感覺。我在月台上繼續等了一會兒，開著車頭燈的列車停在月台。

我要回家了，我要回去重要家人等待我的家。

——妳覺得我救了妳，但其實並不是這樣，而是妳拯救我。我當時悲痛欲絕，是妳和妳腹中莊太的孩子救了我。雖然我笨嘴拙舌，很難用言語表達，但我以後也會繼續守護妳。

秋天在轉眼之間就過去了，冬天的色彩越來越濃。濱松市很少下雪，但是被稱為『遠州乾寒強風』的寒冷西北風，告知新年即將來臨。星期天，我家難得很熱鬧。

「外婆，我又要住在這裡嗎？」

涉一臉稚氣地問，我倒了牛奶，他高興地喝著。一旁的雅美趴在桌上，謙治在客廳拿起不知道看了幾次的報紙，一臉不悅。

「都是我的錯，妳不要再生氣了。」

隆弘從剛才就一直在道歉。他們在星期五晚上，又因為芝麻小事吵架，雅美又一如往常地離家出走回了娘家。

「煩死了。」

雅美捂著耳朵，完全不聽他的解釋。

「唉。」我忍不住嘆著氣，叫了一聲：「謙治。」

「什麼事？」

「你可以帶小涉出去買東西嗎？」

「為什麼要我去？」

「想請你去買橘饅頭回來。」

我的話音剛落，就聽到收報紙的聲音，謙治已經站起身。

「涉，走吧。」

「嗯。」

我看著爺孫兩人出門後，坐回椅子上。

「雅美。」

「煩死了。」

「妳鬧夠了沒有！」

我用力拍著桌子，雅美驚訝地坐直身體。

「啊……」

「隆弘，你也是。你們兩個人都給我乖乖坐好。」

我從來沒有大聲說話，他們兩個人聽到我這麼說，都乖乖挺直身體，坐在椅子上。

「雅美，妳已經是當媽媽的人了，小涉這個年紀稱為敏感期，會吸收各式各樣的事，從中學會感情這件事，瞭解這個世界，妳到底在搞什麼！？」

「但是——」

「沒什麼好但是的！我要說的是，妳身為母親，就必須全心全意愛孩子，妳整天離家出走，妳覺得對他是好事嗎？既然你們是夫妻，就必須用溝通的方式解決問題。」

我不假辭色地說，雅美一臉不滿。

「但是……妳和爸爸也很少聊天啊。」

我就知道她會這麼說。我從電視櫃下方的抽屜，拿出一本相簿遞給她。

雅美訝異地接過相簿，立刻瞪大眼睛。

「我們最近四處旅行。」

「不會吧……？你們這麼宅，為什麼會去旅行？」

這幾個月來，我和謙治去全國各地旅行。無論去哪裡，只要兩個人一起去就很開心，增添美好的回憶，簡直就像延遲了很多年的蜜月旅行。

「爸爸工作的延長聘用期即將結束，我們打算一起去埃及，我希望你們要好好溝通。而且，隆弘——」

「是！」

隆弘抖了一下。

「雅美下次再離家出走，你不必來接她。她只要進門，我就會馬上把她趕回去。」

「媽媽，妳好過分！」

我無視在一旁抗議的雅美，繼續說道：

「隆弘，你不要一味道歉，要好好和雅美溝通。如果你想抱怨她，隨時可以打電話給我。」

我笑著對他說，他露出一抹有些膽怯的客套笑容。

「現在是怎樣……」

雅美仍然在一旁嘀咕，我握住她的雙手。如果不及時告訴她我內心想要告訴她的話，日後一定會後悔。

「雅美，妳要聽清楚，每個人隨時都可能死去。」

「……我當然知道。」

「妳不知道。如果隆弘明天死了，妳就會後悔一輩子。隆弘，你也一樣，我希望你們每天都不要忘記珍惜對方。」

前一刻還在逞強的雅美鬆開我的手起身。

「好啦，我回去總可以了吧，那就回去啊。」

「下次歡迎你們一家三口來家裡，但是不要選在我們出門旅行的時候

我們下週要去宮城縣。」

雅美聽到我這麼說，直到最後，都驚訝地張大了嘴。

謙治在廚房吃橘饅頭，我倒了茶給他。

「謝謝。」

「不客氣，我也要吃。」

「這個真的很好吃。」

離家出走的一家三口離開後，家裡雖然不再熱鬧，但充滿溫暖的氣氛。

窗外是一片晴朗的藍天。

「萬里無雲的天空⋯⋯」

我嘀咕著，謙治「喔」了一聲，看向窗外的天空。

「今天是晚霞列車現身的好日子。」

「是啊。」

呵呵。我們相視而笑，這是只有我們兩個人知道的秘密談話。

「謝謝有你的陪伴。」

我帶著一絲自豪說，謙治皺起眉頭。

「因為有你，才有現在的我，我衷心感謝你。」

我發自肺腑地說，謙治淡淡地「喔」了一聲，然後開始看報紙。我聽到輕微吸鼻子的聲音，轉頭一看，發現他鼻頭紅紅的。

謙治不苟言笑，很不擅長交際，剛開始的時候，和他之間應該並沒有愛，我們是為了療癒彼此的傷痛而結婚。但是，經過漫長的歲月，他成為我生命中無可取代的人。

在這段漫長的歲月中，發生了很多事，但是那些歲月就像是鐵軌般，帶我們來到現在。我希望看到旅途的終點時，我們仍然能夠在一起歡笑，我們要繼續牽手走在人生的旅途上。

莊太會在旅途終點的彼端，笑著等待我們。

第四章 曖昧的十月

『爸爸，你最近還好嗎？
我很好。
濱松到了十月，感覺仍然是夏天。
下個月，我就十七歲了。
原本以爲高二就是大人了，現在覺得和以前爸爸一起生活時沒什麼兩樣。
時間過得眞快，轉學到這所學校已經一年了。
那時候，做夢都沒有想到會搬來和爺爺、奶奶一起住。
爺爺和奶奶身體都很好。
尤其是奶奶，好像越活越年輕了。
我在這裡交到了很多朋友，最近同學都用綽號叫我。
我叫相田麻衣（Ai-da Ma-i），所以大家都叫我曖昧（Ai-Mai）。
我其實不怎麼喜歡這個綽號。
爸爸，你的工作還順利嗎？偶爾要回來濱松看我。

那就改天再寫信給你。

麻衣上』

寫完信，又聽到了午休時間的嘈雜聲。

對喔，這裡是學校。我如夢初醒似地放下筆。剛才似乎太專心寫信了，抬頭看向時間，發現離第五節課還有十五分鐘。

我正打算再去廁所一趟。

「我說啊。」

突然聽到有人說話，我嚇了一跳，整個人跳起來。

「不好意思啦，剛剛終於看到妳抬起頭來了。妳剛才實在太專心，我都不敢打擾妳。」

曬得一身黑的同班男同學抓著頭說。

他叫楠井龍彌，一頭短髮，有兩道很有男子氣概的濃眉。他參加了學校的棒球社，只要一有空，就會找我說話。

「……有什麼事？」

我把剛寫好的信翻過來，不讓他看到。

「妳在寫信嗎？」

龍彌用骨節突出的手指指著畫了藍天、白雲的信紙問。

「呃，嗯。」

「是喔。寫給誰？」

「……我爸爸。」

我嘀咕著，龍彌瞪大眼睛。

「為什麼要寫信給妳爸爸？」

「因為我爸爸……單身在外工作，不住在家裡。」

「是喔。」龍彌聽了我的回答，露出興奮的眼神，面對著我，在前面的座位坐下。

「他去哪裡工作？」

龍彌好奇地問，我覺得他的眼中閃耀著光芒。

「他在……國外。」

「好酷喔！」

龍彌大叫，附近的同學都看過來。

「我爸是漁夫，我每天放學回家，他都在家裡。每天都要早起，所以晚上都會對著我吼：『趕快去睡覺』，太羨慕妳了。」

龍彌毫無顧忌地笑了，我低下頭，悄悄把信塞進信封。我暗自檢討，不應該在學校寫信。

班上的同學都在議論，說龍彌喜歡我，他沒否認。

我猜想他只是在鬧著玩，但老實說，他讓我很傷腦筋。我知道班上幾個女生正在教室角落，笑著看向我們。

我只有剛來濱松時，覺得這裡的空氣很清新，現在每天都感到窒息。

不知道龍彌剛才有沒有看到我寫的信，如果他看到了，不知道怎麼看待我為了讓爸爸安心而滿是謊言的內容……

我拉起椅子準備站起來，龍彌皺起眉頭。

「呃……我要去廁所。」

我小聲說著，他對我揮揮手說「去吧」，然後轉頭和其他男生說話。

來到走廊上，明明已經十月了，戶外仍然是夏天。我被悶熱的空氣包圍，快步走向廁所。

我低頭看著自己的腳走路，心情再度變得憂鬱。但是，明天星期六到星期一，因為體育節放假三天，只要再忍耐幾個小時就好。我在內心告訴自己。

我不喜歡學校，原本根本不想轉學，但因為爸爸的關係，只好搬來濱松。

寸座是鄉下地方，車站沒有站務員。要搭火車才能去漫畫咖啡店。雖然我以前住的岐阜縣不算是大城市，但這裡更加鳥不生蛋。

我在目前的班上完全沒有朋友，只有和以前讀的那所高中的幾個同學聯絡。搬來這裡的一年期間，我知道自己完全沒有融入這個地方和學校。

對啊……搬來這裡已經一年了，仍然無法融入。

「曖昧。」

身後有人叫我，我停下腳步。回頭一看，怜子和梢惠追上來。

「曖昧，妳等等我們，妳走路也太快了。」

鮑伯頭髮型的怜子說，編著麻花辮的梢惠點著頭。

「啊，對不起……」

我喃喃說著，怜子露出帶著酒窩的笑容。

「不用道歉，對了，今天妳會和我們一起去唱歌吧？」

很久之前，她們就約我今天放學後去唱卡拉OK，從這裡搭四站火車，車站旁有一家小型KTV。

「也有男生會來喔。」

梢惠接著說。一定是龍彌那票人。

「那個、我……還是不去了。」

我勉強擠出這句話，梢惠立刻皺起眉頭。

「為什麼？之前不是說好要去嗎？」

「……對不起。」

我低頭看著自己的室內鞋。到底該說什麼藉口呢？

「我好像感冒了……」

我瞥到怜子和梢惠交換了眼神。

「修司的事該怎麼辦？」

怜子問，我不知道該怎麼回答。

暑假之前，隔壁班的佐藤修司向我告白，我不知道該怎麼回答，一直拖到今天。怜子和梢惠得知這件事後，就主動安排了要去唱歌。我猜想一定是修司找過她們。

在這個小地方的高中，即使在不同班，大家彼此也都認識。龍彌、修司和怜子他們都是兒時玩伴。

我無法回答，怜子和梢惠默不作聲地看著我的眼睛，催促我回答。

如果龍彌也要去，我更不方便去，而且不知道該怎麼拒絕修司，更何況他的告白讓我一頭霧水。修司大概只是因為我這個轉學生很新鮮罷了，或者他只是鬧著玩……

「……對不起，我今天還是不去了。」

我有預感，如果我一起去唱歌，怜子她們會硬是把我和修司送作堆。

「啊？妳真的不去嗎？」

怜子用低沉的聲音問，我不知如何回答。

「大家都很期待，真的不行嗎？拜託了。」

怜子合起雙手，做出拜託的姿勢。我只能低著頭，梢惠故意大聲嘆氣。

「哪有人臨時取消啊！」

「……對不起。」

「如果不想去，幹嘛不早說？」

「梢惠，別這樣。」

怜子勸阻她，梢惠不悅地說：

「問題是，如果我們現在沒有問，她不是就一直不吭氣嗎？」

「不會有這種事，對不對？梢惠，妳別那麼小心眼。」

「我哪有小心眼？曖昧，我們不是已經當了一年的朋友嗎？妳要和我們更親近啊。」

　梢惠氣鼓鼓的，我只能向她鞠躬。我很希望能夠勇於表達內心的想法，但就是做不到。

「真的很對不起。」

　我總是在道歉。我不想讓自己看起來更沒出息，於是沿著走廊離開了。她們沒有再說什麼。我推開廁所的門走進去，走進最裡面那間隔間，雙手按住臉頰，不讓眼淚流下來。

　梢惠說的話的確有道理。不知道從什麼時候開始，我害怕表達自己的意見，難怪大家會為我取『曖昧』這個在日文中代表模稜兩可、不明確意思的綽號。換成是我，也不想和這種怯弱、優柔寡斷的女生當朋友。但是，我也無能為力，怎樣才有辦法明確表達自己的意見……？

　我等到上課鈴聲快響起時才回到教室，雖然我察覺到怜子、梢惠和龍彌看過來的視線，但是他們都沒有說什麼。我覺得自己就像是害怕踩到地雷的士兵。

　這一年來，我一直覺得喘不過氣。

放學後，我走路回家。下坡之後還要再走一段上坡道，所以很吃力。以前住的岐阜縣羽島市都是平地，沒什麼坡道，這裡完全相反，幾乎看不到平地。已經是傍晚了，太陽仍然很熱，刺得皮膚發痛。

我稍微繞了遠路，來到寸座站前那條路。站房後方有一個郵筒，我寄信給爸爸時，總是投進這個郵筒。真希望爸爸會回信給我。我滿心祈禱，把藍色的信投進郵筒。

月台後方夕陽滿天。飄在天上的雲在沉落的夕陽映照下變成了紅色。

我走進寸座站內，站內空無一人。我繼續看著夕陽，坐在旁邊的圓形木頭長椅上。

「好美……」

遠處是閃著粼粼波光的水面。

濱名湖雖然是湖泊，但是大得像大海。我有以前在濱名湖搭遊覽船時拍的照片，只不過當時年紀太小，現在根本想不起當時的記憶，但為什麼看到濱名湖，就有一種懷念的感覺？

真希望能夠回到一家三口開心生活的日子。我知道這是無法實現的願望，但還是忍不住這麼想。

媽媽在我小學五年級的夏天去世了。她從前一年的冬天開始，就一直住院和出院，所以年幼的我，也有了心理準備。

我記得媽媽教我接手家事時，我沒有反抗，只能乖乖做筆記。我不想看到媽媽日漸消瘦，又勉強裝出若無其事的表情。我認為這是我的使命。

我不太記得媽媽去世那一天的事，當我回過神時，只剩下我和爸爸相依為命。

和爸爸一起生活很快樂，我很少感到寂寞。現在終於知道，那是爸爸的用心，不讓我難過。

爸爸的工作是專業鞋匠，他自己開設工房，工房就在住家旁。他的生意似乎很好，經常露出得意的笑容說：『我的訂單已經排到一年之後了。』雖然工房很小，我很喜歡去那裡。

一打開工房的門，皮革的香氣就會迎接我。我至今仍然無法忘記那股帶著香氣和甜味的氣味。牆上掛了很多工具，雖然爸爸說明過各種工具的使用方法，但我聽了也搞不太懂。

我喜歡看著爸爸用很大的針刺進厚實的皮革縫線的樣子，看好幾個小時都不會膩，但是在家裡的時候，總是懶洋洋地倒在沙發上。

『我想去國外發展。』

我努力不去回想爸爸一臉歉意地對我說這句話的那一天。我們家原本有三個人，結果一個又一個離開，現在只剩下我孤單一人。

我生命中重要的人，總是會離開我。也許我內心有這樣的不安，因此無法相信別人。

「好想見到爸爸……」

月台上的風帶走了我的呢喃。

遠方的天空有一隻鳥。是紅嘴鷗嗎？但隨即想到紅嘴鷗只有冬天會來這裡，那應該是烏雲。回到家裡，就必須打起精神。我不想讓爺爺、奶奶擔心。

我看到有一個男人從站房內走出來。原本以為整個車站都沒有人，所以嚇了一跳。這個看起來還很年輕的人竟然直直走向我。

「妳好，今天有雲，所以應該不會出現。」

他說話的語氣，就像在和朋友說話，我聽不懂他的意思，本能地低下頭。

他可能以為我很沮喪，用溫柔的語氣對我說：「別擔心。」

我瞥了他一眼，發現他穿著有四個鈕釦的制服。看到他一頭柔順黑髮上的帽子，我驚覺一件事。

「啊……你是站務員嗎？」

「對。」

男人笑著點頭，他的眼睛勾出像海鷗一樣的弧度。

但是……

「這裡、那個……不是無人車站嗎？」

「對，我只負責這個時段。我姓三浦。」

他說的話很莫名其妙，我害怕起來，下意識地把書包抱在胸前。

「我……要回家了。」

我說完這句話，就開始後退。雖然覺得這樣可能有點失禮，但身體還是不由自主地往後退。他看看我，嘴角浮現笑容。

「請妳下次在放晴的日子再來。」

「好。」

我微微鞠躬，衝出車站，來到人行道上。回頭一看，那個姓三浦的人微微舉起帽子，目送我離去。

只要夕陽下山，夜幕就會立刻降臨。這裡沒什麼路燈，很快就會變得一片漆黑。

我正準備打開玄關的門，看到院子內有紅色的光在閃爍。

「爺爺。」

我叫了一聲。

「喔，妳回來了。」

黑暗中，只剩下黑色輪廓的爺爺緩緩揮手。我走過去一看，發現他果然在抽菸。

「你又在抽菸嗎？上次不是說了要戒菸嗎？」

「不要告訴奶奶，我偷偷溜出來的。」

爺爺用門牙咬著菸一笑，整張臉都擠出皺紋。我最喜歡這樣的爺爺。

「今天怎麼這麼晚回來？」

「嗯，有點事。」

我不敢告訴家人說寫信給爸爸。我怕和藹可親的爺爺會擔心。

「學校已經習慣了嗎？」

聽到爺爺問這個問題，我忍不住笑了出來。

「爺爺，你要問幾次？我搬來這裡已經一年了，都和本地人一樣了。」

啊哈哈。我覺得有另一個自己遠遠地看著發出笑聲的自己。雖然我知道自己在強顏歡笑，但仍然不讓人從我的表情中察覺端倪。

「這樣啊，麻衣，妳很厲害。」
「才不厲害呢，我肚子餓了。」
我摸著肚子，發現肚子真的餓了。
「知道了，知道了。」
爺爺彎下腰，正準備拿出藏在簷廊下的菸灰缸時，院子通往室內的玻璃門發出嘎啦啦的聲音打開。
一頭長髮挽起的奶奶探出頭，笑著對我說：
「麻衣，妳回來了。」
但是看到準備重新坐下的爺爺，立刻面無表情地說：
「老公，不是說好要戒菸嗎？」
「啊、啊啊……」
「你手上拿的是什麼？」
「這是……」
爺爺張口結舌，奶奶瞪著他的樣子總是威嚴十足。奶奶雖然個子嬌小，但是發脾氣的時候，身體好像膨脹了好幾倍。

「我不是和你過不去。是你自己說，為了健康著想要戒菸的。」

「不，我只是……」

「不遵守的約定就稱不上是約定。雖然你經常說什麼『我是全村最帥的男人』，但是說話不算話的人，連做人都不及格，還好意思說自己是最帥的男人。」

爺爺完全無力招架。

「我去換衣服，爺爺，你還是趕快認錯道歉吧。」

我跑向玄關。

「等等我！」

我聽到爺爺的慘叫聲。

我走上二樓，在自己的房間換衣服時，才終於有獨處的時間。

搬來這裡同住之前，我並沒有經常和爺爺、奶奶見面，但是，目前他們是我的重要家人，照理說，也是唯一可以信任的對象。和他們在一起時，話總是不知不覺就說了出來，連思考的時間都沒有。

「但是……」

我嘀咕著，罪惡感讓內心隱隱作痛。照理說，在爺爺、奶奶面前應該可以無話不說，我卻無法對他們說出最重要的事。我不敢告訴他們，我在寫信給爸爸，也無法停止在他們面前假裝和同學相處很愉快。

我為什麼要在他們面前假裝自己很快活？這代表我無法相信任何人。我不知道該如何改變這樣的自己，就這樣日復一日地捱日子。

不知道爸爸在做什麼。也許偶爾會想起我……

我看著放在書桌上的照片。爸爸在工房內，對著鏡頭笑得很開心，身上的茶色皮革圍裙很好看。

『不遵守的約定就稱不上是約定。』

腦海中奶奶剛才說的話，讓我有點頭痛。當初一家三口約定，要永遠在一起，為什麼現在只剩下我一個人在這裡？只要爸爸在這裡，我就別無所求了。

不知道在天堂的媽媽，現在會不會擔心我。對不起，我這個女兒太沒出息了。

好不容易獨處的時間，卻滿腦子都是負面的想法。

「好了！」

我激勵自己，擠出笑容，然後下到一樓。

我會聽到那段對話，並不是巧合。午休時間，我洗完手，回到教室時，感受到正在牆邊聊天的女生看著我。我不經意地看了過去，剛好和梢惠四目相對。

「對了，」梢惠馬上故意大聲說話，「上次去唱歌太開心了，我不小心唱太多首，結果回去之後，喉嚨都啞了。」

「妳真的唱太多首了，還搶人家點的歌來唱。修司驚訝得說不出話。」

怜子說完，周圍的女生都笑了起來。

我從書包中拿出午餐的麵包。裝在塑膠袋內的麵包會發出窸窸窣窣的聲音，我悄悄撕開袋口，以免被其他人聽到。

「雖然有人臨時放鴿子。」

梢惠對著我說這句話。

「好過分喔，不是很早之前就約了嗎？」

「修司真可憐，太讓人同情了。」

班上的女生都同意梢惠的意見，我拿著麵包，僵在那裡不敢動。

「別再說了。」

怜子對其他人說。梢惠發出不滿的聲音。

「怜子，為什麼老是袒護曖昧？明明我們是受害者，是臨時放我們鴿子的人有問題吧。」

「我並沒有袒護她，那天只是我們一再要求她『去吧、去吧』，她並沒有點頭答應我們。妳這樣說有點過分。」

「那她太不上道了，如果不想去，說清楚就好了啊。自己不明確拒絕，我們當然會以為她答應了啊。我想她應該不喜歡我們。」

梢惠又斜眼瞥向我的方向。怜子欲言又止，最後低下了頭。

「反正別再說了。」

怜子用力咬著嘴唇，低著頭，走去走廊了。

「怜子，妳要去上廁所嗎？」

梢惠問，然後一陣哄堂大笑。之後她們開始討論電視節目，但我仍然覺得她們在看我。雖然我試圖假裝沒有聽到這些話，但是視野仍然漸漸模糊起來。千萬不能哭。我這麼告訴自己，咬緊牙關，結果雙手開始發抖。

我知道，都是我的錯。我應該一開始就拒絕，但是我做不到。我並不是因為同學責怪我而流淚，而是厭惡我自己。

「妳們很吵欸。」

頭頂上傳來很大的聲音。抬頭一看，看到了龍彌的下巴，他滿臉不悅。

「要說這種無聊的話，就去外面說。」

不行，我快哭了。

「什麼嘛！我們又沒有說給你聽。」

「對啊，你不要偷聽我們聊天。」

那幾個女生你一言，我一語，龍彌又吼了一聲：「吵死了，走開啦。」

龍彌伸手做出趕人的動作，我忍不住起身。我無法忍受大家的視線，無法繼續留在教室裡。

「那個……沒關係。」

「什麼沒關係！麻衣，妳用不著忍耐，反擊她們就好了啊。」

龍彌怒不可遏，我知道那幾個女生都等著看好戲。

我把麵包塞進掛在課桌旁的書包內，不知道為什麼，我竟然笑了。

「我並沒有在忍耐，真的沒關係。我不太會唱歌，我一開始就該說清楚。」

我內心明明很難過，但是表情控制似乎出了問題。

「那妳為什麼那種表情？」

「因為是我的錯，其他人……並沒有錯。」

不行了。眼淚還是啪地一聲滑落臉頰。

就算勉強想揚起嘴角，最後只變成一張哭笑不得的臉。

「喂……」

「對不起，我有點不舒服……。是不是吃太飽了？我……要提早離開。」

我勉強說出這句話，拿起書包，從後門走出去。

「麻衣！」

雖然聽到龍彌的叫聲，但是我頭也不回地在走廊上跑了起來。我看到怜子迎面走來。

「啊，麻衣……」

怜子手足無措，似乎想要說什麼，但是我沒有停下腳步，跑過她的身旁，一口氣衝下樓梯。在換鞋處換下室內鞋後，跑向校門口。

我似乎聽到其他人的笑聲，快步走下坡道後，才終於鬆口氣。

我沒辦法繼續留在教室內。天空被薄雲籠罩，好像隨時會下雨。如果現在回家，爺爺、奶奶一定會擔心。不——學校大概會聯絡家裡，事情會變得很麻煩——一想到這裡——我反而整個人像斷了線一樣鬆垮下來了。

都無所謂了。反正我在班上並不是不可或缺的人，無法融入這個地方。因為整天都勉強自己，都在偽裝，所以才過得這麼痛苦……

我情不自禁地走向寸座車站。我想看看和此刻沉重心情相同顏色的風景。真希望可以消失。我發現自己真心這麼想，不由得苦笑起來。到底要如何讓自己消失？我沒有勇氣因為這種事放棄自己的生命，但自己又為了『這種事』而痛苦。

我走向月台，然後在那張長椅上坐下。我覺得會見到上次遇到的那個姓三浦的站務員，但我記得他說他負責傍晚的時間。今天真的是無人車站。我稍微安心了些。

好不容易走來這裡看風景，沒想到廣闊的天空烏雲密佈，好像隨時都會下大雨。

「唉唉。」

我嘀咕著，一隻黑貓從站房內走出來。牠戴著黃色項圈，優雅地走過來，鈴鐺響個不停。這隻黑貓眼睛很大，體型很棒。

「你叫什麼名字？」
雖然牠應該聽不懂人話，但我還是問牠。
「喵嗚。」
黑貓叫了一聲後，依偎在我的腳下。牠的項圈上用麥克筆寫著『咕嚕』的名字。
「你的名字叫咕嚕嗎？」
「喵嗚。」
咕嚕叫了一聲，似乎在回答。牠很親人，我拍拍自己的腿，咕嚕立刻跳到我的右側。我輕輕摸牠的頭，牠的喉嚨發出咕嚕咕嚕的聲音。我很佩服，原來貓可以發出這麼大的聲音。
「所以你才會叫咕嚕這個名字吧？」
咕嚕專心梳理身上的毛，好像忘了我的存在。
上次來這裡的時候，三浦先生對我說『請妳下次在放晴的日子再來』，可惜今天厚實的雲在天上緩慢移動。

不知道以前和爸爸一起生活的地方，今天是什麼樣的天氣。雖然想了也無濟於事，但我總是希望可以回到那段充滿懷念的日子。可惜那裡已經沒有我的家人了，我只能在這個難以適應的小地方，孤獨地看著天空……

「爸爸、媽媽……」

淚水再次流下。雖然我在別人面前總是露出笑容，但只有一個人時，就忍不住流眼淚。真正的我到底去了哪裡？

我啜泣著。

「咦？」

我聽到一個聲音，猛然抬起頭，發現一個老爹手上拿著鏟子，納悶地看著我。他一頭白髮，眉毛很長，留著鬍子，看起來就像是瘦版的聖誕老人。

我沒有說話。

「原來你在這裡啊。」

老爹看著坐在我腿上的咕嚕說。

「喵嗚。」

咕嚕回答後，就跑去老爹身旁。可能是這個老爹飼養的貓。我拍拍裙子上的黑色貓毛。

「妳是山上那所高中的學生嗎？」

一個帶著低沉音質的男聲傳進耳裡。我點點頭，心想不妙。中午時間不在學校，他一定覺得我有問題，但是他的視線移向天空。

「下雨了。」

「啊？」

我抬起頭，一滴雨水剛好打在我的額頭上。

「咕嚕，散步結束了，趕快回去把午餐吃完。」

咕嚕似乎聽懂了老先生的話，跳到鐵軌上，然後沿著堤防走下去。老先生拿下掛在脖子上的毛巾問：

「妹妹，妳要不要也一起來？」

「啊？」

老先生聽到我一直回答「啊？」，瞇起眼一笑，眼角的魚尾紋更深了。

「妳放心，我不是壞人。我在坡道下方開了一家咖啡店，妳可以躲一下雨再回去。」

我緩緩搖搖頭。

「不用了，我家……就住在附近。」

老先生聽了我的回答，露出了一抹彷彿帶著悲傷的微笑。

「妳帶著這樣的表情回家，家人一定會擔心。」

滴答滴答，豆大的雨從天而降。老先生似乎看透我的內心，我不敢正視他的眼睛，只能低頭看著地面的雨漬。

「但是……」

繼續坐在這裡會被淋濕，但是我不想回家，跟著陌生人走也很可怕。站房內有椅子，要不要去那裡躲雨？我看向右方。

「我可以問妳一個問題嗎？」

老先生不顧自己被雨淋濕，靜靜地問我。

我想趕快去躲雨，雖然面帶笑容點點頭，但兩隻腳開始朝向站房的方向後退。

老先生看著我問：

「妳所愛的人是什麼時候去世的？」

這家咖啡店名叫「海洋」。

老先生的確是這家店的老闆，他拿下掛在門上的牌子，請我進入咖啡店。他放在收銀台旁的這塊牌子上用麥克筆寫著『我在車站，有事去那裡找我』。寬敞的店內放了很多和海洋有關的東西，讓人感覺很熱鬧。他請我在吧檯坐下，吧檯角落有一小片展示空間，放著救生圈和船錨的複製品。

「我馬上準備熱飲給妳。」

「好，但是……」

我戰戰兢兢地坐下，但內心仍然有一半想要回去的想法，另一半是想要知道他剛才問的那句話是什麼意思。為什麼這個老先生……不，為什麼這個老闆知道我沒有媽媽……？

「妳都淋濕了。」

老先生遞來一條白毛巾，我甚至來不及道謝，就接過毛巾。抬頭一看，發現他比我淋得更濕。他可能察覺我的視線，拿起另一條毛巾擦著肩膀。

「今天真幸運，剛好到了車站的花圃那裡，才能遇到妳這麼年輕的小妹妹。」

「……」

我不置可否地點點頭，老闆嘴角露出笑容，低頭開始洗手。

「不用擔心錢的事，謝謝妳陪我聊天，飲料我請。這個時段向來沒生意，我們業界通常稱之為『idle time』。」

「偶像、時間？」

「這個名稱來自英文，但不是歌手偶像的『idol』，而是『idle』，代表沒有工作，也就是沒什麼客人的離峰時間。在我們這個行業，經常用來作為尖峰時間的相反詞。」

老闆在說話時，手邊冒出白色的熱氣，好像在變魔術。隨即聞到甜甜的香味。

「這是熱可可。」

「謝……謝。」

我接過老闆遞給我的馬克杯，嘛著嘴吹冷之後喝了一口。甜甜的熟悉味道，頓時溫暖了我的肚子。

我終於平靜下來，於是問了老闆剛才那句話的意思。

「請問、關於剛才的話……為什麼……？」

我還是語無倫次，但老闆似乎理解了我想表達的意思，輕輕點點頭。

「剛才的話太失禮了，請問，是媽媽去世了嗎？」

「……對，但是你為什麼會知道？」

老闆用毛巾擦拭湯匙時，吐了一口氣。

「妳看起來很悲傷。一旦失去所愛的人，就會散發出一種獨特的氛圍。」

「……氛圍。」

「就是老人的直覺，如果我說錯了，先向妳道歉。」

老闆鞠了一躬。我發現自己用力握著馬克杯的把手，於是靜靜地放在桌上。巧克力顏色的液體在杯中搖晃。

「我媽媽的確去世了。」

「原來是這樣……」

我們都陷入沉默。雖然我想問他問題，但又有點猶豫，不想把自己的事告訴第一次見面的老闆。

我喝著熱可可，打發眼前的沉默。剛才還在學校，現在卻在第一次來的咖啡店內喝熱可可，我感到很不可思議。

「如果妳有什麼煩惱，不嫌棄的話，我願意洗耳恭聽。」

雨聲很大，淹沒了店內的爵士樂。外面應該下著傾盆大雨。

「但是……」

「有些事，只要說出來，心情就會輕鬆許多，只要妳不嫌棄我這個老頭子，大可以告訴我。」

老闆在吧檯內的椅子上坐下，咕嚕不知道什麼時候坐在他的腿上。我看到咕嚕那雙原本看著我的大眼睛緩緩閉上，將視線移向上方。

「我……並不是因為媽媽不在而難過。」

我難以相信自己開口了，這些話竟會這麼自然地從嘴邊滑落。

我驚訝地打住，老闆輕輕點頭，示意我繼續說下去。不知道為什麼，我覺得可以對老闆說出內心的想法。難道是因為熱可可，或是這家店讓人感到平靜嗎？還是外面的雨，讓我變得坦誠……？

「我……很小的時候，媽媽就去世了。與其說是悲傷，不如說現在的我，已經能夠接受這件事了。」

「這樣啊。」

老闆撫摸著咕嚕的頭回答。

「我難過的是，我活得很辛苦。我希望自己能夠保持自然……雖然我知道，卻做不到。我不想被周圍的人討厭，說話之前都會想很多，久而久之，就變成無論在任何事上，都採取模稜兩可的態度。我這種態度當然會被人討厭。但是……我就是改不了。」

怜子和梢惠起初把我當朋友，但我總是想太多，無法表達自己的意見，才會破壞和她們之間的關係。誰都會討厭總是皮笑肉不笑，說一些模稜兩可意見的人，不想和這種人當朋友。

但是，我不知道要怎麼改變自己，找不到這樣的勇氣。

「我不想讓爺爺、奶奶擔心，在他們面前必須假裝。我很希望回到以前和爸爸相依為命的那時候，我整天這麼想……」

然後，我又流淚了。我整天假裝沒事，假裝很有活力，假裝沒有受傷。既然這樣，就徹底假裝到底。做事不徹底的我根本就是個懦夫。

我用手背擦著眼淚，發現自己又想要擠出笑容。

「這樣啊。」

老闆又說了相同的話，我覺得他的眼神很悲傷，難道是我的心理作用嗎？

「寸座車站有一個沒有太多人知道的傳說，妳聽說過嗎？」

「……沒有。」

雖然我並不期待他的建議，但是意想不到的話，讓我停止落淚。他剛才說傳說？

「妳有想見的人嗎？」

聽了老闆的問題，我驚訝地抬起頭。老闆以憐愛的眼神看著喉嚨發出聲音的咕嚕，補充說明：

「就是在現實生活中，再也見不到的人。」

「現實生活……」

「如果妳能夠再次見到那個人，妳就能改變自己嗎？」

我目不轉睛地看著老闆片刻後回答：

「……不知道。」

我腦中一片混亂，坦誠說出了內心的想法。老闆「呵呵」笑了一聲，把腿上的咕嚕放下。

「在萬里無雲的晴天傍晚，如果晚霞籠罩天空，就去坐在寸座站的『相聚椅』上。」

「相聚椅，就是剛才的……」

「對。」老闆點點頭。我注視著他。

「只要祈願可以見到真正想見的人，奇蹟一定會發生。」

「奇蹟？」

我問，老闆對我笑笑，眼中已經找不到剛才的悲傷。熱可可冒出的熱氣散發著甜甜的香氣。

『爸爸，你最近好嗎？

學校即將舉辦文化祭，目前已經開始做準備工作。

這所學校的文化祭除了家長以外，也有很多本地的居民會來參加，所以大家都卯足了全力。

爸爸，你暫時還不會回國，到時候我再寄照片給你。

爺爺前一陣子有點中暑，身體狀況不太好，但現在沒問題了。

奶奶還是老樣子。

對了，上次聽到很不可思議的事。

那是車站下方的咖啡店老闆告訴我的，據說寸座車站有不可思議的傳說。

如果要詳細說明，就會變得落落長，就暫時不寫了，如果真的遇到這樣的機會，我想要挑戰一下。

最近經常感覺到秋天來了。

栗子和柿子都越來越大，山上漸漸變成紅色。

我很好。

改天再寫信給你。

等你有空的時候，要寫信給我。

麻衣上』

我下樓走進廚房，奶奶一大早就開始忙碌。客廳內不見爺爺的身影，平時這個時間，他都坐在那裡看早報。

「爺爺呢？」

我問正在晾衣服的奶奶。

「他說要去參加老人會聚會，天一亮就出門了。」

奶奶冷冷地回答。

「奶奶，妳不去參加老人會的活動嗎？」

「雖然他們有邀請我，但是我婉拒了。」

「為什麼？妳偶爾去參加一下啊。」

奶奶聽我這麼說，一臉不屑。

「我不想去參加一群老人聚在一起的活動，而且妳別看我一把年紀了，我很有異性緣，沒必要讓爺爺吃醋。」

奶奶放聲大笑著，走去洗衣機那裡。

不愧是奶奶。我笑了笑，接著將牛奶倒進杯中喝下。

那天衝出學校至今已經一個星期，現在是十月下旬。那天之後，我就沒有再去學校。雖然每天早上，都會在被子裡猶豫很久，但最後還是不想去。

我猜想學校應該會打電話來家裡，每次都是奶奶接起電話應對，我今天仍然若無其事地穿著睡衣，在這裡喝牛奶……

對了，怜子似乎每天都打電話來家裡。也許是因為我每次聽到這件事就顯得很為難，所以奶奶每次都對著電話說『她還在睡覺』，從來沒有叫我聽電話。在鬆一口氣的同時，也產生了相同分量的罪惡感，仍然沒有勇氣和怜子說話。

「麻衣。」

奶奶走回來，在我對面椅子上坐下來時，我以為她要和我談學校的事。每次我對奶奶說『我想請假』時，奶奶都一口答應，那樣反而讓我有點不知所措，但是不可能一直都這樣，很難一直對學校說『感冒一直都沒好』……

「什麼事？」

我做好了心理準備，奶奶笑笑問我：

「妳覺得東京怎麼樣？」

「東京？妳是說日本的東京？」

「除了日本以外，哪裡還有東京？妳看，就是這個。」

奶奶把寫著大大的『東京』兩個字的旅行簡介放在我面前，封面上有晴空塔的照片。

「奶奶沒去過東京，一直希望有機會去看一下淺草的雷門。」

我翻開簡介，發現紅筆圈起濱松站出發的三天兩夜的行程。奶奶的問題出乎我的意料，我在鬆一口氣的同時，打開簡介看著。

「搭新幹線不是馬上就到東京了嗎？妳和爺爺一起去啊。」

「兩個老人一起去，沒有人拿行李，不是會很累嗎？如果妳和我們一起去，那就太好了。」

「我沒去過東京，完全幫不上忙，到時候我們三個人會一起在東京迷路。」

「反正是參加旅行團，不必擔心這種事。上面寫著，導遊會帶我們參觀，我只想要人幫我拿行李。妳考慮一下。」

奶奶竟然拜託我，真是太難得了。既然奶奶想去，那就陪她去，反正我也不去上學……

但是，聽到奶奶接下來說的話，我整個人愣住了。

「在死之前，無論如何都想去一次東京。」

「……啊？」

「爺爺奶奶都上了年紀，是這輩子最後一次旅行，否則很快就走不動了。」

奶奶哈哈大笑起來。

我看著奶奶，身體好像僵住般動彈不得。我不想聽奶奶說這種話。

「奶奶，不要說死不死的。你們……還、還很年輕啊。」

「妳目前的年紀，當然想像不到，但是，我可以明顯感受到自己老了。昨天做得到的事，今天就不行了。雖然現在想去東京，等到沒體力時，就算有人要帶我去，我也沒辦法去了。老人每天都在失去生命，奶奶知道，這就是現實。」

我不敢直視正在喝茶的奶奶，看著自己手上變冷的杯子。奶奶為什麼說得這麼理所當然。

「妳和爺爺也會死嗎?」

「當然會啊，在妳成年之前，我會拚命好好活著，但這件事由不得自己，只能交給上天決定。」

奶奶若無其事地說，我點點頭。

「……好，那我們一起去。」

「太好了，爺爺一定會很高興。」

奶奶哼著歌，走進廚房忙碌起來。我看著奶奶的背影。有朝一日，奶奶也會死，大家都會離開我。和我感情很好的人，都遲早會去遙遠的地方……

「奶奶……」

「嗯?」

「妳怎麼不問我，我不去學校的理由?」

我靜靜地問。

「等妳想去學校的時候再去就好，如果妳想休息，就在家裡好好休息。」

奶奶一派輕鬆，奶奶對我發揮同理心，讓我差一點想哭。

「對不起……」

關水龍頭的聲音後，奶奶轉頭看著我。

「妳的人生只屬於妳自己，妳可以按照自己的方式過自己的人生。不去學校沒關係，只要妳幸福就好。」

「嗯。」

「但是，如果是別人害妳變成這樣，就要告訴奶奶，奶奶會拿著槍扛著砲，衝去學校理論。」

奶奶開朗的語氣拯救了我。照理說，應該由我來安慰奶奶，但每次都是奶奶保護我……

「謝謝。」

我道謝後看向窗外，今天是難得放晴的日子。我在寫給爸爸的信上說，已經有秋天的感覺了，但今天應該很熱。等一下出門去散步。上學的時間已過，既然奶奶同意我向學校請假，那我就可以大搖大擺地去街上走一走。

這時，家裡的電話響了。我抖了一下，奶奶向我擠眉弄眼。這個時間，很可能是學校打電話來。

「喂？」

奶奶接起電話後，立刻笑了起來。

「啊喲，原來是米山先生，今天早上，我老公承蒙你照顧了。今天一大早就很熱，拔草應該也很辛苦——」

奶奶突然停下，我感覺不對勁，看向奶奶，發現她用力閉上眼睛。

過了一會兒。

「是。……有，我有在聽。」

我從來沒有聽過奶奶用這麼低沉的聲音說話，忍不住起身。奶奶在紙上寫著什麼，然後靜靜地掛上電話。

「發生什麼事了嗎？」

我問。奶奶嚇了一跳，好像前一刻忘記了我的存在。

「爺爺……昏倒了。」

「啊？」

「米山先生說，爺爺沒有呼吸了……」

我好像被鬼附身般愣在原地。奶奶剛才說什麼……？

「怎麼……？」

「總之，我要去醫院。聽說爺爺送去了綜合醫院。」

時間動了起來。奶奶脫下圍裙，快步走去自己的房間。

「我也要去。」

「妳留在家裡，老人會的人可能會再打電話來。」

我只能目送奶奶匆忙做好準備後出門。

——沒有呼吸了。

奶奶剛才是不是這麼說……？

我癱坐在地上，茫然地抬頭看著刺眼的天空。

爺爺也要死了。也許又會離我而去。

我好不容易找到安身之處，和我有交集的人，似乎真的會一個一個離開我。如果是童話故事中被詛咒的主人翁，最後應該會有幸福美滿的結局，但這是在現實世界中發生的事。到底該怎麼辦？對於什麼都做不到的自己，感到無比懊悔，連眼淚都流不出來。

「怎麼辦……？」

我坐立難安，在房間內踱步。我覺得自己簡直就像是瘟神。如果沒有我，大家都不會離開嗎？爸爸、媽媽和朋友，都是因為我的原因離我而去嗎？

我用力搖著頭，想要甩開腦袋裡的負面思考。目前還沒有確定爺爺已經離開了人世。沒錯，爺爺只是暫時停止呼吸，很快就會恢復呼吸。既然這樣，我必須去醫院鼓勵爺爺，讓他趕快醒過來。

我一口氣衝上二樓，脫下睡衣，換上制服。我無法留在家裡等別人打電話來。總之，必須趕快趕去醫院。我只拿了皮夾和手機，就衝出家門。

爺爺、爺爺。

我一直在心裡叫著爺爺，轉過街角時，看到一個身穿和我相同制服的女生走過來。微微低頭走路的那個女生看向我。……是怜子。

我發現是她，立刻停下腳步。怜子也發現了我，驚訝地看著我，但仍然走過來。如果她現在去學校，似乎已經遲到了。

「麻衣，我有話要……」

她說話的聲音沒有平時的氣勢，我看著怜子低頭皺眉，猜到了她想說什麼。但是，我現在沒時間。

「我現在有事……。改天再聽妳說。」

我說完這句話，就準備離去。當我走過她身旁時，她抓住我的手臂。我抖了一下，回頭一看，發現怜子盯著我的眼神好像很生氣。

「我想道歉。」

「啊？」

她突如其來的這句話，讓我大吃一驚。她鞠躬說：

「對不起，我們……之前說的話很過分。……真的很對不起妳。」

怜子鬆開手，低著頭，說了好幾次「對不起」。

「怜子……」

我覺得內心開始湧現不舒服的感情。

這種時候，就像平時一樣忍過去就好。我這麼想的同時，臉上浮現笑容。

「妳誤會了。我……感冒了，所以才沒有去學校。」

但是，怜子對著我搖頭。

「妳在騙我吧？」

「我沒有騙妳，上次的事，我完全沒有放在心上。」

「騙人！」

怜子用力握著我的雙手大聲駁斥，我忍不住向後退。

「妳總是說謊，妳從來不把內心的真實想法告訴我們。不光是修司的事，無論我們多麼想和妳成為好朋友，妳都只對我們說一些不痛不癢的話。」

「沒……有啦。」

即使我一臉驚訝，怜子仍然一直搖頭表示否認。她的眼中似乎閃著淚光。怜子為什麼要哭……？

「我承認我們太強勢了，但是，我想和妳好好聊一聊。」

「聊一聊……」

我內心的不舒服越來越膨脹，幾乎快嘔吐了。我拚命把話吞下去。

「如果妳討厭我們，我們只能認了，我們說的話真的很過分。」

「不是……」

「但是，我想和妳成為好朋友，無論妳多討厭我，我仍然想和妳當朋友——」

「不是！」

我不加思索地甩開她的手。

「我並沒有討厭妳們，我也想和妳們當好朋友！」

不行，我無法克制這些脫口而出的話。

「但是，如果我說了想說的話，就會惹妳們討厭。我不想惹妳們討厭，只能拚命掩飾。大家都會離開我，我喜歡的人全都會離開我！」

怜子太驚訝了，整個人都愣住了。我覺得她的身影變得模糊，淚水也順著臉頰流下。

「麻衣……」

怜子再度握住我的手。我想要甩開她的手，她似乎很堅定，完全沒有鬆手。

「我爺爺快死了，剛才說他已經沒有呼吸了……。是我害的，全都是我造成的！可能是我縮短了爺爺的壽命。」

我哭倒在地。我無法克制自己放聲大哭。不要離開我，大家都不要離開我。

——我覺得身體突然變得很重，然後發現怜子緊緊抱著我。

「放開我……」

「我不會放開，絕對不會放開！」

怜子泣不成聲，我好像第一次感受到她的溫度。

怜子為什麼來找我？我根本是瘟神，她為什麼來找我……？

「我陪妳一起去。」

怜子口齒不清的聲音溫柔地傳入我的耳朵。

「我陪妳一起去看妳爺爺。」

「……怜子。」

怜子放開了我，她的臉都哭花了。

「妳爺爺一定沒事。我現在也在拚命為他祈禱。」

「什麼意思啊……」

我聽不懂她在說什麼。怜子緩緩站起來，牽著我的手。

「我們試著相信奇蹟。」

我也跟著起身，思索著怜子說的話。

咖啡店的老闆說過同樣的話。當時我覺得老闆在開玩笑，如果是因為我不相信，奇蹟才沒有發生……

我和怜子一起走在路上，在內心強烈願望，希望奇蹟可以發生在爺爺身上。

突然聽到很大的聲音。放在口袋裡的手機響起來電鈴聲。看到螢幕上出現「奶奶」的名字，我的心跳加速，無法動彈。

如果爺爺怎麼樣了……。心跳從來沒有跳得這麼快，我整個人都僵住。

好可怕，太可怕了……

「借我一下。」

怜子從我手上拿起手機，按通話鍵，放在自己的耳朵旁。

「喂？啊，這就是麻衣的手機。請問爺爺目前的狀況怎麼樣？」

我的胸口很痛。我相信奇蹟，我什麼都相信，所以神啊，求求祢不要把爺爺從我身邊帶走。

「好。……喔，好。」

怜子深深點點頭。雖然沒有跑步，但我的呼吸變得急促。怜子表情突然放鬆下來。

「這樣啊。喔喔……好，所以現在平安無事了。」

看到怜子空著的右手對我比了OK的手勢，我雙手捂住臉。

爺爺……！

我喜極而泣，聽到怜子說話的聲音。

「嗯，對啊，我就是怜子。不好意思，一直打電話去你們家，但是，我是麻衣最好的朋友。」

朋友。這個字眼所散發的柔和、溫暖的感覺，讓我的淚水再次失控。

怜子掛上電話後，我從她手中接過手機。

「謝謝……。奇蹟真的發生了。」

怜子聽到我這麼說，把手放在胸前說：

「太驚訝了，但是太好了。妳奶奶說，妳爺爺安然無恙。」

「謝謝，謝謝……」

我吸著鼻涕，點頭道謝。

「麻衣，」怜子用手帕擦著眼淚，「我想拜託妳一件事。我希望妳以後都對我說真心話，無論是好事或是壞事，希望妳全都告訴我。」

「這……」

我不知道自己能不能做到。我一直用這種方式生活。到底是從什麼時候開始的呢？

啊啊，那是爸爸出國之後……

「好，但是……我想可能沒辦法這麼快改變。」

「沒關係，以後一定可以改變。」

怜子太堅強了。我怔怔地想。剛才我幾乎崩潰時，她保護了我。也許一開始是我築起了一道牆，如果我一開始就能夠坦率地表達內心的想法，現在會不會不一樣……？

「謝謝妳，我覺得心情好像輕鬆了些。」

「我很慶幸來找妳。」

我看著破涕為笑的怜子想到一件事。現在不是上午九點嗎？

「咦？現在不是上課時間嗎？」

「嘿嘿，現在才發現嗎？梢惠她們掩護我，我溜出來了。」

「喔……」

怜子得意地揚起下巴，我看著她，眼淚又差點流下來。

怜子牽起我的手。

「我送妳過去。」

我覺得一直壓抑在胸口的感情，就像今天的天空一樣放晴了。

這幾天，連風都變成了冬天的顏色。拂過臉頰的風冰冷，如果站在風中，臉頰會被吹得很痛。

我來到寸座站時，列車剛好離站。我站在郵筒前，瞥了一眼只有一節車廂的列車緩緩離去。

我從皮包中拿出信封端詳著。除了上次寫給爸爸的信以外，還多了兩封，目前手上有三封信。

我準備投進郵筒前，停下手。

……算了。

我拿著信，走過碎石子路。來到月台時，坐在相聚椅上。

今天是晴朗的好天氣，蔚藍的天空漸漸染上紅色。下方的濱名湖波光瀲灩，好像繁星閃爍。

聽到腳步聲，抬頭一看，發現一個男人走過來。我記得……他叫三浦。他好像說過，他負責這個時段。

「你好。」

我主動向他打招呼，他有些驚訝，然後瞇眼一笑。

「妳好。」

當他走到我身旁，納悶地指著我的制服「咦？」了一聲。

「今天是星期六，學校不是不上課嗎？」

「今天大家都到學校準備文化祭，現在才終於結束，接下來只等文化祭開始了。」

「你們辦什麼活動？」

三浦先生好奇地問，我第一次直視他的臉。我發現他看起來比我上次以為的更加年輕，而且果然很瘦。

「我們決定開咖啡店，咖啡店的名字叫『冥界咖啡』，店員都打扮成幽靈的樣子。」

我呵呵一笑，三浦先生又瞪大眼睛。

「真是太好玩了，但是……我覺得妳和上次判若兩人。」

「是嗎？」

我不覺得自己有什麼變化，不過三浦先生似乎認為我不一樣了。

三浦先生看向濱名湖，水平線前方的天空漸漸從藍色變成紅色。也許人的改變，就像天空顏色的變化。

「我希望自己不再害怕改變。雖然對我是一種挑戰，但我希望可以做到，慢慢來也沒關係。」

那天之後，我又回學校上課了。和伶子、梢惠說話時，能夠說出自己的真實想法。我覺得因此產生了變化。

三浦先生聽我說完後，滿意地點點頭，然後看向我的手。

「今天不寄信給爸爸了嗎？」

「呃……」我大吃一驚。

「不是啦……」三浦先生抓抓頭，「之前郵局的人和我討論這件事……。那些信的信封和妳手上的水藍色信封一樣……」

難怪。我低頭看著信封。

「我決定不再寫信給爸爸了。」

「我並不是這個意思，只是……」

三浦先生似乎有點難以啟齒，我鞠了一躬。

「真的很抱歉，我下次會去向郵局的人道歉。他們應該不知道怎麼處理沒有收件地址的信。」

藍天圖案信封上，收信人的位置只寫了『爸爸收』幾個字。之前的每一封信都是這樣。背面的寄信人欄位，每次都空白。寄不出去，又退不回去，郵局的人一定覺得很困擾。

「妳不知道地址嗎？」

三浦先生擔心地問。我覺得他應該是好人。沒錯，怜子、梢惠，還有爺爺、奶奶都是好人，但我之前都沒辦法坦誠以對。

我一直緊抓著過去的回憶不願放手，但是，我覺得現在應該能夠接受現實。

「不是。我對所有人……也對自己說謊。」

我用力吸氣後，繼續說著。

「我爸爸去年就死了。」

三浦先生說不出話，我對著他緩緩搖頭。

「我無法相信。他和我約定，會一直陪伴在我身旁，結果有一天，就這樣突然從我的眼前消失了。當我回過神時，就已經住在這裡了。」

「原來是這樣啊……」

「那時候，爸爸正在準備找出國工作做，所以……我就當作爸爸還活著，只是在國外工作，為了讓這件事更有真實感，我一直寫信給爸爸。但是……我決定不再這麼做了。」

我很希望那是一場惡夢。我回想起爸爸說，想要去國外進修的情景，一再提醒自己這樣的設定，每天都想著，爸爸總有一天會來接我。

媽媽離開的時候，我能夠接受，但是爸爸的離開太突然，我無法承受那樣的打擊。我藉由欺騙自己，想要逃離悲傷。

但是……我想要改變。只要能夠在每天的生活中活出自我，遲早能夠接受和爸爸的離別。

「只要相信奇蹟，奇蹟就會實現，對嗎？」

三浦先生聽了我的問題，溫柔地瞇起眼睛。

「我相信是這樣。」

「海洋咖啡店的老闆和我的同學都這麼說。只要我真心相信，奇蹟會發生在我身上嗎？」

三浦先生緩緩仰望天空，我也看向漸漸變成橘色的天色。

「這麼晴朗的天氣，上天一定會感應到妳的願望。」

這句話就像是祈禱，溫柔地籠罩我的全身。

我閉上眼睛祈願。我想見到爸爸。見到爸爸之後，我要告訴他重要的話。我不會再逃避，所以，請讓我實現這個心願。

漆黑世界的遠方傳來聲音。這是……列車的聲音？

我緩緩睜開眼睛，發現天空比剛才更紅，濱名湖變暗了。我巡視周圍，不見三浦先生的身影。

山坡頂端的綠色隧道發出耀眼的光芒，一輛金色列車現身。在夕陽下綻放出耀眼的光芒，列車緩緩在月台停下。

「晚霞列車……」

我低喃的聲音在風中融化。列車門打開的聲音後，映入眼簾的那雙皮鞋……

一看到站在月台上那個男人的臉，我立刻跑過去。

繫著皮革圍裙的爸爸一看到我，立刻露齒一笑。記憶中的爸爸就在我眼前，留著他引以為傲的鬍子。

「爸爸。」

我跑過去緊緊抱住爸爸，爸爸驚訝地叫著「喔喔喔」。

我用力嗅聞著朝思暮想的味道。

「爸爸，爸爸。」

爸爸粗壯的手臂抱著我。我一直好想、好想見到爸爸。

「麻衣，我很想妳。」

聽到最愛的爸爸說話的聲音，我覺得長久以來的緊張終於放鬆下來。我泣不成聲，爸爸牽著我，在長椅上坐下。爸爸在我身旁坐下後，他的大手撫摸著我的頭。

這不是夢……。爸爸在我身旁。雖然好像隨時會消失，但是我止不住淚。

「麻衣，爸爸一直想要道歉，很高興能夠見到妳。」

身旁的爸爸顯得很悲傷。

「對不起，突然讓妳變成了孤兒。那一陣子，我經常覺得胸口痛，但是沒想到心臟一下子就停了。早知道應該去醫院檢查一下。」

那一天，發現爸爸倒在工房內的是我。回想起爸爸冰冷的樣子，就心如刀割。爸爸為了準備出國進修，那一陣子都很忙。我回想起那些日子——一遍又一遍責怪自己，沒能察覺爸爸身體出了狀況。

那段日子，悲傷頓時籠罩我整個人，身心都快崩潰了，於是我當作爸爸並沒有死。我用這種方式，讓自己能夠撐下去。我欺騙自己，爸爸還活著，但是去了國外……

「媽媽那時候……」

我開口，爸爸點頭。

「雖然我沒有說出來，但即使當時我還是小孩子，仍知道媽媽快死了，我想應該在不知不覺中，做好了心理準備。」

「我想也是……」

「爸爸的時候，太突然了，直到前一陣子，我都沒辦法接受，但是，寸座的大家拯救了我。」

我淚流不止。雖然我告訴自己不能哭，這是最後的離別，必須打起精神，送爸爸離開……

但是，我似乎在不知不覺中變得坦誠，眼淚仍然流個不停。

前一刻還是紅色的天空，顏色越來越深。我知道剩下的時間不多了。

「爸爸，我……之前寫信給你。」

「是嗎？對不起，我沒有看妳的信。」

爸爸摟著我的肩膀，我把臉埋進他的懷裡，搖搖頭。

我調整呼吸，向爸爸坦承：

「沒關係，我沒有寫收件人的地址，而且信上寫的事都是謊言，幸虧你沒有看。但是……有一件事，我無論如何都要告訴爸爸。」

「嗯？」

我離開了最愛的爸爸的胸前。之前一直以為，如果見到爸爸，一定會哭著責怪他，但是，既然這是唯一的一次奇蹟，我就要把內心的想法告訴爸爸，把真實的感情告訴爸爸。

「我喜歡爸爸，以後也不會改變，但是，我會努力讓自己變得更堅強，請爸爸放心。」

我說出來了。想到這裡，又忍不住哭了。

「麻衣，謝謝妳。」

爸爸起身，他身後的天空已經變成紫色，水平線的紅色即將消失。

「麻衣，不用一個人努力，妳並不是一個人，爺爺、奶奶和朋友都會守護妳，爸爸希望妳也同時守護他們。」

「嗯，嗯……」

晚霞，請不要消失，讓爸爸多陪陪我，我想和爸爸說更多、更多的話……

「爸爸和媽媽會在妳很久以後的人生終點等妳，所以，要好好活出自己的人生。」

爸爸說完，按著眼頭。看到向來堅強溫柔又開朗的爸爸流下眼淚，我再次在內心發誓，我要更加堅強。

「爸爸，下次再見到你，我會告訴你，我的人生有多快樂。」

「爸爸很期待。」

我和爸爸牽著手，走在西沉的夕陽中。搭上列車的爸爸，和站在月台上的我生活在不同的世界，但是爸爸搭著晚霞列車來看我。

我主動鬆開爸爸粗大而又溫暖的手。我要用自己的雙腳，邁向從今以後的路。

「麻衣，好好照顧自己。」

「嗯。……嗯。」

雖然現在的笑容是硬擠出來的，但是有朝一日，我會帶著發自內心的笑容，和爸爸相見。

我在內心刻下誓言。晚霞列車關上車門。

夜幕降臨這個城鎮。

冥界咖啡的生意太好了。聽到消息的客人都紛紛來捧場，原本負責音響的我，只好跳下去扮幽靈，只不過是用保健室的床單做成簡易版的幽靈服而已。

文化祭在傍晚的時候結束，仍然要留下來整理。把咖啡店的經營額和帳簿拿去給辦公室的老師後，我沿著走廊走回來，感受著活動結束後的冷清、成就感，和不多不少的疲勞。

「嗨。」

在走廊上遇到迎面走來的龍彌。他今天扮演吸血鬼，客人還吐槽他『不是只有日本的幽靈嗎？』

「你要去哪裡？該不會想逃避打掃？」

我故意嗆他，龍彌在臉前搖著手。

「不是，不是，我剛才去還之前向美術教室借的圓桌，只是想順便去買果汁。」

呵呵，我笑了笑。

「買完果汁記得要回來，整理工作還沒做完。」

「我知道。」

龍彌嘟著嘴說。我看著他，又笑了。龍彌也是，然後突然想起什麼似地看著我。

「對了，妳爺爺的身體都沒事了嗎？」

「對，已經完全沒事了。我每天回家，他都會在門外抽菸，然後一直被奶奶罵。」

啊哈哈。我笑了起來。龍彌歪著頭。

「他每天都在門外抽菸？」

「對啊，每天都是。」

我聳聳肩，龍彌把手臂抱在胸前。

「我覺得啊，妳爺爺會不會是因為擔心妳，所以找理由站在門外等妳？」

「啊？」

「我覺得妳奶奶應該發現了。」

聽到他這麼說，我恍然大悟。原來是這樣……從不同的角度看問題時，可以有這種解讀。不過，就算那是爺爺的關心，我還是會擔心他的身體狀況。

「我完全沒想到。我回去要跟他說『外面很冷，在家裡等我就好』，龍彌，謝謝你。」

「嗯，嗯。」

龍彌的臉紅了，用力吸氣，又再次開了口。

「那個……如果妳不想回答，不回答也沒有關係……。修司那件事，結果怎麼樣了？」

「呃，喔……」

「我拒絕了他。」

不要顧左右而言他。我制止了想要退縮的自己。

「啊？真的嗎！？」

龍彌滿面笑容。他是我的榜樣，我要像他一樣，直率地表達內心的感情。

「那、那妳有……喜歡的人嗎？」

龍彌結結巴巴地問，我搖搖頭。

「我已經決定，等我能夠喜歡自己之後，再考慮這件事。雖然可能會花上好幾年的時間，但是我已經約定，會好好努力。」

「和誰約定？」

「和再也見不到的人，和希望有一天可以再見到的人約定。」

我已經告訴大家，爸爸離開人世的事。龍彌似乎察覺到我在說誰，沒有再說什麼。

天空一片紅色。見到爸爸的那天之後，我邁向新的人生。在改天再相見之前，我會好好努力，爸爸，你要在天上看著我。

「喂，龍彌！」

一陣腳步聲，怜子和梢惠出現在我們面前。

「呃！」

「呃什麼啊，你不要又糾纏我們的麻衣。」

怜子扠著腰說。

「很煩欸。」

龍彌皺著眉頭。

「麻衣，我們走吧，趕快整理完，我們去慶功。」

梢惠挽著我的手說。

「嗯。」

我點點頭，邁開步伐。

「龍彌，你不趕快來，我們可不等你。」

龍彌聽到怜子這麼說，雖然嘴裡不滿地嘀咕著，但仍然跟上來。

我大聲笑著，再次看向夕陽。

我會在這裡活出自己的人生。

爸爸，請你守護我。

第五章

妳留下的功課

我第一次來寸座站。從濱松站搭JR東海道本線，在新所原車站下車，然後走進寫著天龍濱名湖鐵路的小車站。下一班車要二十分鐘後才進站。

從新幹線下車一個半小時後，才終於抵達寸座站。

「同屬濱松市，但還真遠啊……」

我按照便條紙上所寫的，走進坡道下方的海洋咖啡店時，已經過了中午。上了年紀的老闆好像早就知道我會來這裡，親切地告訴我關於這個車站的傳說。

此刻，我坐在月台角落名叫『相聚椅』的木頭長椅上，等待那一刻的到來。

等待？所以我真的相信那個傳說嗎？

我向來認為，只有沒有人經歷過的事，才能稱為傳說。如果真的會發生老闆所說的事，像今天這種晴朗的天氣，這個車站應該會有很多想要實現心願的人。我已經很長一段時間，都分不清什麼是真的，什麼是假的了。

最近，我的日子過得渾渾噩噩，就像是河流中的大石頭，周圍的水流很湍急，但我始終停留在原地。

我拚命工作，想要填補內心的空洞，但只要回到家裡，就會發現這個空洞又大又暗，更加令人絕望。這幾個月來，我已經明白，這個世界上沒有奇蹟，無論再怎麼誠心祈禱，有很多事都無法如願。

我嘆著氣，觀察四周。寸座站是無人車站，沒有檢票口，也不見站務員的身影。這裡的視野很好，冬日天空下的大海一覽無遺。不，那應該是湖泊。紅嘴鷗靠近藍色的湖面飛翔。

『每到冬天，紅嘴鷗就會回到濱名湖。』

她曾經這麼告訴我，在前一站的佐久米站，有差不多十名觀光客在為紅嘴鷗拍照。以濱名湖為背景的白色鳥群應該很美。

時序進入十二月，天氣突然變冷的午後。我看了一眼西裝袖子下的手錶，目前是下午四點多。

「喵嗚。」

不知道哪裡傳來了貓叫聲，一看腳下，有一隻貓不知道什麼時候坐在那裡。牠叫咕嚕，就是剛才在咖啡店睡得不省人事的黑貓。

「你也來了嗎？」

我對黑貓說。

「啊嗚。」

咕嚕的喉嚨發出咕嚕聲，臉在我的腳邊廝磨著。風還在吹。

我攤開已經反覆看了很多次、折得很小的便條紙。

『在萬里無雲的晴朗日子，去天龍濱名湖鐵路寸座站附近的海洋咖啡店。要中午左右去那裡。』

她漂亮的字寫在這張便條紙上。我用指尖輕輕撫摸，再次難過起來。我已經想不起體會過這樣的感覺多少次，以後也會一次又一次折磨我……

突然發現咕嚕不知道什麼時候不見了。

我把便條紙折好，放回胸前的口袋。打量四周，發現月台上有一個男人。他可能也相信了傳說，才會來到這裡。

「沒關係，你繼續坐在那裡就好。」

我想為他挪出空位，他用柔和的語氣對我說。我這才發現他穿著藍色制服，胸前繡著『天龍濱名湖鐵路』幾個字。

原來這並不是無人車站……。仔細一看，他的左側胸前別著塑膠名牌，上面寫著『三浦』這個名字。

「晚霞列車一定會出現。」

「啊？」

我驚訝地看向他。這個姓三浦的人看起來二十出頭，身材很瘦，有一種虛幻的感覺。

「晚霞列車在這裡很有名嗎？」

三浦聽了我的問題，輕輕點點頭，站在月台的白線上，抬頭看著天空。

「但是，只向少數人提供這個訊息。你應該就是其中之一。」

我皺起眉頭，他轉頭對著我說：

「四點三十分的列車。」

我的身體抖了一下。我不知道是因為寒冷，還是因為害怕。

「這種傳說……，不，這種簡直就像是奇蹟的事真的會發生嗎？」

這個世界充滿了悲劇，悲傷接踵而來，讓心靈枯竭，幾乎不留任何奇蹟插足的餘地。我早就放棄了希望。

「只要你相信，就可以成真。」

「是嗎……？」

我的聲音聽起來很懦弱，簡直不像是我的聲音。他輕輕點點頭。

「請你發自內心再相信一次。既然是再也無法見到的人，這應該不是太困難的事。」

三浦說完，轉過身去，將視線移向天空。晴朗天空下的濱名湖閃著橘色光芒，任何人看到如此夢幻的景色都會發出驚嘆，但是無法打動我。不知道我的心是否已經麻痺，我甚至無法感到悲傷。

但是——如果真的還能再見一面……我想見的人，只有一個。

「志穗……」

呼喚著摯愛之名的聲音，化作一縷白霧，消散在空氣中。

然後，我回想起了這幾個月以來的點點滴滴。

◆

「很遺憾，我必須告知你還有多少時間了。」

從主治醫生的語氣中，完全感受不到他所說的遺憾。電腦螢幕上應該是志穗的精密檢查結果。

位在綜合醫院一樓的『病患服務中心』，是一間只有桌子和電腦的簡單小房間，無論牆壁和天花板都貼了白色壁紙，格外讓人心神不寧。

原本以為醫生要和我討論出院日期，因此一時無法理解眼前的狀況。他剛才說什麼？主治醫生不理會不知所措的我，開始向我說明我難以理解的數值。我不知道這些數值代表是好是壞，覺得簡直就像是暗號。

「請問……這是怎麼回事？」

我和站在主治醫生身後的年輕護理師對上了眼，她立刻低下頭。這位護理師平時都很隨和，現在是怎麼回事？而且為什麼只找我一個人來這裡？在我走出病房時，志穗還笑咪咪的……

「……山本先生，山本准先生。」

醫生叫著我的名字，把我的意識拉回來。主治醫生昨天還對我說，術後情況良好，難道要討論出院的事嗎？

「你太太剩下的時間不多了。」

「啊……」

我差一點笑出來。怎麼可能有這種事？

夏天之前，志穗的身體狀況出了問題。她說因為肚子痛，去內科就診。醫生診斷為感冒，但遲遲未見改善，於是做了腹部超音波和血液檢查，然後轉診到這家醫院。

志穗從住進這家醫院開始，就由眼前這位醫生負責。當初說明『發現了良性腫瘤』，還說『只要動手術就沒問題』，所以我在手術同意書上簽了名。

原本計畫在志穗出院後，和她一起去旅行。結果現在說她所剩的時間不多了？什麼意思？

「怎麼和之前說的不一樣？醫生，你之前說——」

「這次發現了血液轉移。」

始終冷靜的主治醫生讓我很不舒服。他說話的方式好像沒有感情。

「不好意思，你說轉移……這是怎麼回事？」

醫生是不是搞錯了對象？那時候，我還有餘裕這麼想，但是，主治醫生面無表情地看著手上的病歷。

「我有事必須告訴你。」

我感覺到氣氛變了。護理師一直低著頭不動，好像在瞪桌子。

「由於你太太的強烈要求，因此當初只告知她本人，但是，手術結果確定之後，徵求了你太太的同意，目前向你說明。」

「啊……」

「你太太罹患了大腸癌第三期。」

「啊？等一下。」

我感到頭昏腦脹，推推差點滑下來的眼鏡。

「但是，」主治醫生繼續說道，「做了細胞檢查之後，發現已經由血液轉移到了肝臟和胰臟。」

「等……」

「接下來要做化療——」

「我不是叫你等一下嗎？」

我踹開圓椅站起來，醫生和護理師以憐憫的眼神看著我。

「啊……對不起。」

我看著倒下的椅子，向他們道歉。看到護理師把椅子扶起來，說不出謝謝，再度看向皺起眉頭的醫生。

不可能有這種事。這種事不可能發生在我們身上。絕對是搞錯了。志穗怎麼可能罹患重病？

醫生接下來解說化療的情況，但是，我只能機械式地點頭。走出那個房間後，我才發現長褲因為手汗都皺了。

這一定是惡夢。走在走廊上時，我這麼告訴自己。即使一次又一次用力閉上眼睛，但是睜開眼睛，並沒有從夢中醒來。

按了電梯的按鈕後，我才發現手上拿著什麼東西。是寫有醫生說明內容的資料。低頭一看，發現我的簽名歪七扭八，看起來很好笑。歪斜的文字似乎在告訴我，這一切都是現實。

走進電梯，按了志穗病房所在的八樓按鈕。電梯門無聲地關上，電梯上升時的漂浮感很像暈眩。電梯抵達八樓，志穗的病房是右側深處的單人病房。

一走進病房，正在看書的志穗抬起頭，對我笑了笑。

「你回來了。」

「啊，嗯。」

我走向她，覺得她和平時沒什麼兩樣。

「有幫我買書嗎？」

「啊，嗯。」

我又重複了和剛才相同的回答，把書店的袋子拿給她。志穗喜孜孜地抱在胸前。我剛才一走進病房，護理師就來找我，所以我帶著這些書跟著她走了出去。當時我做夢都沒有想到，竟然會聽到這樣的消息。

「你買了這麼多，真是太高興了。是不是找了很久？」

「鈴本太太在書店工作，她突然叫我，我嚇了一跳。」

鈴本太太是住在我們家對面的家庭主婦。

「欸！」志穗輕輕一笑，「我之前不是就告訴過你，她已經在那家書店工作了好幾年嗎？你當時就嚇了一跳。你的記性太差了。」

「是嗎？」

我有點不太知道自己在說什麼。

「但是，實在太厲害了。那家書店並沒有很大，竟然有你要買的所有書。不過並不是我，而是鈴本太太幫忙找到所有的書。」

志穗聽了我的話，點點頭。

今天上班時，接到了志穗用通訊軟體傳來的訊息，上面列著超過十本書的書名，最後寫著『如果你可以幫我買這些書，我會很高興』。

我奇蹟似地買到所有的書。

我坐在椅子上，仔細打量著志穗的臉。她的氣色並不差，當初說手術已完全切除腫瘤。剛才的事，應該是搞錯了。志穗怎麼可能會死？

志穗從袋子內拿出每一本書打量著。她小心翼翼地拿在手上，瞇起眼睛，看著書的封面，然後又翻過來，看著封底上寫的故事大綱。我看著她的樣子，感覺到自己的呼吸終於輕鬆下來。

我和志穗在大學畢業後，就立刻結婚。在大二那一年，發現我們生日是同一天，這巧合讓我們樂不可支，於是就很自然地開始交往。我們並沒有急著結婚，那只是自然發展的結果。

因為是在生日——十二月二日那天登記結婚的，所以現在是我們結婚的第十一年。

等秋天一過，我們就會同時邁入三十四歲。

「我跟妳說，剛才——」

「不知道我來不來得及全部看完。」

我想把剛才發生的事當成笑話，志穗打斷我的話，一口氣說道。我一臉錯愕，志穗浮現柔和的笑容。她的笑容總是帶給我力量和溫暖。

「不知道在我生命結束之前，能不能看完全部。」

我覺得有什麼東西從腳底爬了上來。

「妳在……」

我不想聽。

「松浦醫生應該告訴你了吧？」

不要再說下去了。

「對不起，我一直沒有對你說實話。」

不要說了。我在內心吶喊，但無法傳達給志穗。

「就算我不在了，你也會沒事的，對吧？」

——這是真實發生的事嗎？

當初是因為志穗的強烈要求，我們決定住在集合住宅社區。雖然我覺得公寓或是華廈更理想，但志穗很堅持。她向來不會固執己見，所以當時感到很納悶。當我問她原因時，她雙眼炯炯有神地回答說：『住在集合住宅，有一種大家庭的感覺，不是很熱鬧嗎？』

志穗是獨生女，她在雙薪家庭長大。

『讀小學的時候，每天放學回家，都要獨自等媽媽回家。因為很害怕，所以就把家裡所有的燈都打開，但是這樣反而覺得家裡更加空蕩蕩。』

她當時這麼告訴我。志穗的老家是傳統的町屋，格局又窄又深，獨自在家時，的確會感到很寂寞。

我們住在老舊的四層樓集合住宅的三樓，前方有一座公園。今天是星期天，一大早就聽到小孩子吵鬧的聲音。樓上傳來小孩子跑來跑去的聲音，樓下的嬰兒一直在哭。這個房間隨時可以聽到各種聲音，但我已經習慣了。

天氣突然變冷，秋天似乎真的來了。我掀開毛毯，坐了起來。昨晚沒睡好，頭有點痛。

打開冰箱，只有中間那一層有一盒豆腐，其他都是一些調味料和啤酒。

——那天至今已經過了三天。雖然決定今天要去醫院，但是腦袋仍然一片混亂。想見到志穗，和不想見到她的心情就像海浪般輪流湧向我。

「原來家裡這麼大……」

我喃喃自語，整個人好像隨時會癱倒在地。沒有志穗的家空空蕩蕩，感覺特別大。志穗小時候應該有相同的感覺。

這幾天，腦袋中一直回想那天在醫院發生的事。

回想主治醫生和護理師，以及志穗說的話，『也許』、『可能』這種樂觀的想法已經像泡沫般消失了。我做夢都沒有想到會面對這樣的現實。

我無力地躺在地毯上，看到電視櫃下方積著薄薄的灰塵。志穗在住院前打掃過，沒想到房間一下子就亂了……

既然沒事可做，那就去醫院。我這麼告訴自己，但是渾身都找不到這樣的力氣。

臥室傳來電子聲。那是志穗用通訊軟體傳訊息給我的聲音。我明明聽到了，卻無法坐起來，繼續躺在那裡看著地毯的圖案。

我在幹嘛？

我終於起身去拿手機。打開通訊軟體，果然看到了志穗傳來的訊息。

『早安，懶蟲。最近很冷，冬天用的被子在壁櫥最裡面，差不多該拿出來用了。記得要先套上被套，套完之後，再告訴我。』

她竟然不相信我。我苦笑起來，然後聽從她的指示，打開壁櫥的門，立刻看到裝在壓縮袋內的被子。我打開壓縮袋，想要裝被套，但遲遲搞不定。好不容易套完時，額頭上已經冒著汗。

我用手機傳訊息給她。

『完成了。』

我只傳了這一句話。訊息立刻『已讀』。想到我們看著相同的訊息，就有一種不可思議的感覺。我正在這麼想，就收到志穗回的訊息。

『下一個指令。去車站前的書店，幫我買以下的書。時限是下午兩點。拜託了。』

下一則訊息寫了很多書名和作者的名字。我想要回訊息時，指尖停在半空。我想了一下，打了幾個字，然後又刪除了，最後沒有回覆任何訊息，手機的螢幕就暗了。

我看著窗外的景色片刻。無論如何，今天都必須去買食材。我換上便服，拿著皮夾和手機出門，沿著狹窄的樓梯下樓。穿越前方的公園是去車站的捷徑，我快步走向公園。

「早安。」

帶著小孩子在公園玩的男人看到我，向我點頭打招呼。我很希望有朝一日，和志穗一起，帶著我們的孩子在公園玩。這種想法又讓我的心情憂鬱起來。

以前，我從來不曾羨慕別人。不知道志穗怎麼看我這個沒出息的丈夫。

走出公園，才終於回訊息。

『我現在要去書店。』

『祝你旗開得勝。』

她泰然自若的回答，讓我憂鬱的心情輕鬆了些，簡直就像鎮靜劑。

過了斑馬線，繼續往前走，就看到了離家最近的車站。車站上的建築物，稱之為車站大樓，似乎有點誇張。這棟建築物的一樓，有一家這一帶最大的書店，但是和大城市的大型書店相比，這裡的規模根本就上不了檯面。

我以前就不喜歡逛書店。小時候只要拿起書，馬上想睡覺，所以只有買漫畫時會走進書店。

上次剛好遇到住在對面的鈴本太太，及時助我一臂之力……

走進自動門，不知道是否因為星期天的關係，剛開始營業的店內有不少人。這裡也有小孩子哭鬧的聲音。我打開手機的通訊軟體，在店裡尋找著志穗要求我買的書，卻遲遲沒有找到。我這才發現只有書名和作者的名字，資訊似乎不夠完整。

「必須知道是哪一家出版社出版的……」

我用手指順著塞在書架上的書的書脊滑動，結果一本都沒有找到。我不知所措，於是叫住了剛好在附近的店員。

「不好意思，我在找書。」

「請問你要找什麼書？」
看起來像是工讀生的男生一臉不耐煩的表情。
「呃……」我正想把手機螢幕給他看，這時鈴本太太迎面走來，打了招呼。
「啊，山本先生。」
「朋子姐，是你的朋友嗎？」
工讀生的男生問，他說話的速度很慢。鈴本太太明確點頭。
「這裡交給我來處理，你去收銀台。」
一臉濃妝的鈴本太太身上的圍裙別著『鈴本朋子』的塑膠名牌。原來她叫朋子……
「山本先生上次買了很多書，今天也要找書嗎？」
「喔，對。」
我回過神，把手機螢幕給她看。和上次的情況一樣，想到不用自己找書，我暗自鬆了一口氣。

「還真多啊。」

朋子伸長手臂，把手機螢幕拿得很遠後，瞇起眼睛。

「只要找有庫存的就好，不好意思。」

朋子誇張地說：

「你是買這麼多書的好客人，不用道歉啊。」

她哈哈大笑起來。

朋子從圍裙口袋裡拿出小便條紙，看著手機，俐落地抄下來。

「你可以大大方方地在這裡等，我很快就找給你。」

「好，拜託了。」

我鞠躬道謝後，漫不經心地看向書架。

我覺得和家裡的書架很像。目前住的房子臥室並不大，但臥室內放著很大的書櫃，上面放了很多志穗精挑細選的書。有些看起來像是小說，也有詩集和畫冊。

志穗在睡覺前，會坐在窗邊看一會兒書。黑暗中，小小照明設備的燈光照亮了志穗的側臉。我對她說：『妳可以開大燈。』她總是搖搖頭，然後每次都說：『我喜歡在這樣的燈光下看書。』

向來不看書的我不太瞭解這種感覺，但是志穗聚精會神地在書本世界旅行的樣子很迷人。每次看著她的側臉，我就可以安心睡去。

雖然每天晚上都是我先入睡，但志穗每天早晨都比我早起，開始做家事。

「小真，不要跑！」

在聽到這個聲音的同時，一個小男生撞到我後跑走了。啊啊，我似乎又不小心發呆了。

「對不起。」

一個看起來像是小男生母親的女人鞠躬道歉後，去追那個小男生。我看著他們，忍不住嘆著氣。醫生宣告志穗的餘命後，我滿腦子都在想她的事，卻遲遲沒有去醫院看她，我真是傻瓜……

書店內的人比剛才稍微少了些。有人站著看書，有小孩子央求大人買繪本，也有一家人一起來逛書店。每個人看起來都很幸福，只有我陷入天人交戰，幾乎被壓垮了。

「山本先生，讓你久等了。」

朋子用開朗的聲音叫了我一聲，雙手抱著一大堆書。

「這麼多啊？」

「對啊，這次剛好全都有，真是太厲害了。」

朋子滿面笑容，我發現自己在不知不覺中揚起嘴角。我想起自己很久沒笑了。

我跟著朋子走去收銀台。

「志穗會住院很久嗎？」

朋子在掃條碼時問，我停下了正準備打開皮夾的手。

「呃……」

「在她住院的前一天，我剛好遇到她，她提了這件事。」

原來是這樣。我恍然大悟。

「可能還要住一陣子，但是她很快就會看完這些書，我想還會叫我再來買。」

我刻意用輕鬆的語氣說，朋子點點頭。

「她真的很愛看書，每次在這裡遇到她，她都會和我分享她的閱讀感想，而且每次只說作品的優點。」

「這樣啊。」

的確很像是志穗的風格。她很善良，不僅對書是這種態度，對待人或是事物，都會接受對方所有的一切。她就算知道我現在嫉妒別人的幸福，也會用她慣有的笑容接受。

「有些書上市已經好幾年了，竟然可以全都找到，簡直是奇蹟。」

「是啊，我會告訴她，實在太幸運了。」

我拿出一萬圓，然後接過找零的錢。

既然有這樣的奇蹟，志穗身上或許也會發生相同的奇蹟……

我開始準備面對現實，慌忙接過朋子遞過來、裝了書的袋子。我看向袋子內，發現這次好像並不是只有文庫本而已。

「隨時歡迎你再次光臨。除了週一和週二以外，這個時間段我都在店裡。」

「好的，謝謝。」

走出自動門，風咻咻地吹了過來。

去醫院吧。雖然這麼想，但兩隻腳不聽使喚。志穗在等我，我必須趕快去看她。越是這麼想，內心越是感受到難以用言語形容的沉重。

一看手錶，發現還不到中午，時間還早……。我走進隔壁咖啡店，放下了沉重的書袋。

我喝著完全不想喝的咖啡，看著手機，心情完全沒有好轉。玻璃窗外，有一家人開心地走在街上。

我不知不覺，把桌上裝書提袋握把打了死結。為什麼我們要承受這麼大的痛苦？

我喝著苦澀的咖啡，想要讓腦袋清醒，但心情越來越沮喪。那天之後，我的腦袋就一直處於渾沌不清的狀態，必須讓自己平靜下來，我不想讓志穗為我操心。

「我必須堅強……」

我閉著眼睛，這樣告訴自己後起身。志穗和我約定的兩點快到了。

我拎著沉重的書袋走出咖啡店，天空中是厚厚的雲層，看不到太陽。在路上走了一會兒，書袋太重，勒緊了手指。剛才打的結好像變得更緊了。

我站在病房門口深呼吸，努力讓心情平靜下來。如果我看起來無精打采，志穗一定會擔心。我是來探視她，必須帶給她活力。

這時，我突然想到一件事。我平時都是帶著什麼樣的表情來和志穗見面？這麼一想，就越來越不敢走進病房。

剛好有護理師走進來，我只能鼓起勇氣敲敲門。探頭一看，發現志穗在病床上抱著雙臂。

「任務失敗，你超時了！」

志穗好像隊長一樣垂著嘴角說。

「才五分鐘而已，沒想到在書店會花這麼長時間。」

「不要為失敗找理由。」

志穗看起來活力充沛，氣色不錯，感覺和以前沒什麼不同。我坐在床邊的椅子上，把書袋交給她。

「我完成任務，這次全都買到了。」

「啊？有些書很小眾欸。」

志穗興致勃勃地想要打開，但是停下來。對喔，我剛才打了死結。她用剪刀剪開後，迫不及待地把書拿出來時，眼神很興奮。她一本一本拿出來，聲音中帶著歡欣。

「太厲害了！我一直在找這本書，沒想到竟然買到了。」

「還好啦。」

「這麼拚命看書，感覺都要遭天譴了呢。」

「有什麼關係，偶爾而已。」

我好像抽離般看著苦笑的自己。

「要跟朋子道謝。是不是她幫忙找到的？」

志穗說。

「呃，不，那個……」

我想要掩飾，志穗從袋子裡拿出一張卡片給我。卡片上印了知名動畫的插圖，寫著『萬聖節快樂！』翻到背面，漂亮的字體寫著『祝妳早日康復。鈴本朋子』。

「哇……她什麼時候放進去的。」

我皺著眉頭，把卡片交還給志穗，她輕聲一笑。

「再過半個月就是萬聖節了。」

「對啊，已經是這樣的季節了。」

志穗從剛買回來的書中挑出一本，交給我。

「來，這是你的。」

這是今天買的書中最大的一本，也是這堆書最大的重量來源。

「在下次來看我之前，要好好看這一本。」

「啊……妳不是知道我不喜歡看書嗎？」

我對她皺起眉頭，但是志穗默默搖搖頭。

「這是你的功課。」

「功課？」

「對，而且光看還不行，還必須實踐。」

「搞什麼鬼啊。」

一看封面，發現除了書名『初學者馬上就會！打掃的方法』以外，還有各種打掃工具。

「你至少要學會打掃，你八成都沒吸地吧。」

啊哈哈。志穗笑了。我無法正視她。她就像平時吃晚餐時的輕鬆聊天。她為什麼可以笑得這麼開心？

「我當然有吸地啊。」

我說了一戳就破的謊，然後毫無理由地看向病房門口。

「住在集合住宅，就像是一個大家庭，你要去參加町內會的拔草活動。」

「別說了……」

別說這些話，簡直就像在交代後事……

「不要逃避。你遇到事情，總是想要逃避現實。」

「我什麼時候——」

「你最近都沒有來看我，還有今天這麼晚來，不都是因為害怕來這裡嗎？根據我的推理，你在買完書之後，去咖啡店打發時間。」

她驚人的洞察力讓我說不出話，她呵呵一笑。

「只要看收據上的時間就知道了。你買完書到現在，已經過了幾個小時？證據都擺在眼前。」

「……不要調侃我。」

都已經這種時候了。差一點脫口而出的話吞回肚中，感覺格外苦澀。志穗對我露出柔和的笑容。

「准，我跟你說，你不需要勉強自己來看我。」

「我並沒有……這麼說。」

「我有這麼多書，如果快看完的時候，我會再下新的指示給你。在此之前，你就好好完成我給你的功課，這樣我會更高興。」

自己對那句話感到鬆了口氣——這讓我產生了厭惡感。明明很想來看她，卻為可以不來看她而暗自慶幸。我到底怎麼了？

我開始自我厭惡。

「准。」

志穗把書放在一旁。我覺得氣氛和剛才不太一樣。

我還沒有開口回應，志穗用力吸氣。

「我決定不做化療。」

志穗用輕鬆的語氣說完，浮現了迷人的笑容。

「最近發生了什麼事嗎？」

我在收拾東西準備回家時，同事大橋這麼問我。現在已經晚上十點多了。

「哪有什麼事？什麼都沒有啊。」

我在電腦螢幕上打卡時回答。以前出勤卡是證明員工勤勞或懶惰的關鍵，最近什麼事都可以用電腦處理。我甩開覺得自己上了年紀的感想，關上電腦後起身。

大橋是和我同時進公司的同事，也是戰友。我從小就喜歡設計工作，大學讀了設計系，受邀進入這家大型廣告代理公司時簡直就像是在做夢。

但是，現實很嚴峻。進公司的前三年，被分到了業務部。和相同境遇的大橋成為搭檔後，總算完成了遙不可及的業績指標，我們合作完成了各種企劃，當然，也有吞下大敗的經驗。

大橋是中廣型身材，脖子上總是掛一條毛巾，冬天仍要不時擦汗。我並沒有告訴他，公司的女同事都在背後叫他『毛巾課長』。

大橋很享受地喝了一口加糖的咖啡，停下來休息一下。他似乎還有工作沒有完成。他靠在椅背上，椅子有點難以承受他的體重，發出慘叫聲。

「你最近工作似乎特別賣力。」

他張大嘴，打了呵欠。

「有嗎？只是因為最近事情多吧。」

大橋很敏銳，我掩飾著內心的慌亂，若無其事地回答。大橋有時候會來家裡吃飯、喝酒，我知道不可能一直瞞他，但我現在仍然不想把志穗生病的事告訴他。

我知道自己正努力把注意力放在工作上，這都只是為了想忘掉幾乎佔據我整日思緒的志穗。大橋一臉難以接受，噘著嘴說：

「這樣啊，我還以為發生了什麼好事。」

「什麼好事？」

我把椅子塞進桌下，最後確認了一下。沒問題，沒有忘記帶東西。

「比方說，中了樂透之類的。」

「哈哈，如果我中樂透，早就辭職不幹了。辛苦了。」

我舉起一隻手，向他揮了揮，走出辦公室。在等電梯時，才終於放鬆下來。

大橋覺得我很幸福嗎？我覺得很好笑。果真如此的話，真的是應驗了不能憑外表判斷一個人這句話……

走出辦公大樓，十月下旬的街上到處都是萬聖節的裝飾和燈飾。不知道志穗目前在做什麼。

放在胸前口袋的手機震動起來。原來是我媽打電話給我。

「喂？」

『准？現在到底是怎麼回事？』

我媽向來很性急，總是一秒就進入正題。

「妳在說哪一件事？」我問。

『我聽志穗的媽媽說了，她說要放棄化療，這是怎麼回事？』

「喔喔。」我用鼻孔嘆氣後，繼續邁開步伐。「哪有怎麼回事？這是志穗自己決定的事。」

我覺得這樣回答不對。

「不光是志穗，我也同意。」

我改口說道，我媽刻意重重嘆氣。

『你在說什麼嘛？醫生不是也說，只要接受治療就有希望嗎？為什麼不治療呢？』

「反正已經決定了。」

我起初聽到志穗的決定時，也曾經表示反對，但是，志穗的意志堅定，無論我說什麼，她都搖頭否決。

『准，你真的覺得這樣好嗎？』

「好啊。」

當然不好。我在內心這麼想。

『志穗的媽媽哭得很傷心，她希望女兒可以活久一點——』

「什麼叫希望她活久一點？」

我忍不住打斷了媽媽的話，電話彼端傳來我媽倒吸一口氣的聲音。

「志穗的事她自己最清楚，她已經接受現實，知道為時已晚。」

『但是……』

「我們的事我們當然最清楚，不需要給意見！」

我並不想說這些話，我知道這是在遷怒。志穗做了決定，我只是尊重她的決定。

志穗凡事都自己決定。無論是晚餐吃什麼，或是假日的安排，我都聽從志穗的安排。我覺得這樣很好，但是就連攸關生死的大事，志穗也自己決定。我知道自己應該努力說服她，但是我放棄了。

我無法和志穗站在同一陣線，我在逃避。雖然表面上支持志穗的決定，卻無法宣洩內心的感情，不知如何是好。

「我改天再打電話給妳。」

我冷冷地掛上電話，加快腳步。北風用力地吹，好像在責備我。

回到家裡，煩躁的感情仍然沒有平息。我丟下公事包，像往常一樣躺在地毯上。電視下方的灰塵比之前更厚了，簡直就像積雪……。我拚命工作只是因為不想面對。悲傷和煩躁就像灰塵一樣越積越厚。

我仰躺在地毯上，燈光太刺眼，我瞇起眼睛。我知道，我不能原諒無法說出內心想法的自己。

『為什麼不接受化療？』

『為了我，希望妳能夠活久一點。』

我當然不可能對她說這種話。那一定是志穗經過深思熟慮之後得出的結論。正因為這樣，我不想說任何會動搖她決心的話。

這真的是我內心真實的想法嗎？我甚至不知道這個問題的答案。

我嘆了一口氣，坐起身來，粗暴地扯下領帶。仔細打量，發現房間內很亂，水槽內堆滿了馬克杯和碗盤。我根本不知道丟垃圾的日子，冰箱旁放了好幾袋垃圾。

垃圾袋旁的袋子內放著之前從居家修繕中心買回來的打掃工具。

志穗叫我看的書，我看了一半。當時我決定要打掃家裡，但最後埋頭工作，完全沒有整理家裡。

天底下有哪一個丈夫會在妻子受疾病折磨時，自己悠然地在家打掃？我一直用這個藉口拖延。而且我很害怕，一旦真的打掃，就會失去志穗。

「怎麼好像只有我一個人在痛苦……？」

為什麼志穗能夠面帶笑容？難道我該做的事，就是完成她留給我的功課嗎？

明天是星期六，不用去公司上班。星期天想去醫院看志穗，這是無須置疑的事實。既然這樣，就只有一個答案。

「……只能動手了。」

我喃喃說著，把東西都從居家修繕中心的袋子裡拿出來，放在地毯上。雖然我只是照書上寫的買回了家，但有很多東西根本不知道該如何使用。

「檸檬酸是什麼……？」

我自言自語著，又差一點悲從中來，急忙拿起倒扣的書，從頭重新閱讀。我覺得自己很悲慘。

好幾天沒見的志穗，坐在病床上笑著。今天我去了書店之後，就馬上來醫院。

今天早上，剛好收到她傳來要我幫忙買書的訊息。

「小蘇打的威力太驚人了。」

我把手上那袋書交給她的同時說道，志穗伸手接過書。她披在肩上的開襟衫是我媽送她的。

「沒想到那種白色粉末可以把水槽、洗手台和馬桶都打掃得這麼乾淨。」

「那檸檬酸呢？」

「可以有效去除馬桶的頑垢，對不對？」

我露齒一笑，志穗抱著手臂說：

「答對了，看來你完成了功課。」

「現在連垃圾分類都難不倒我，雖然朋子教了我好幾次。」

我一開始真的完全搞不懂，但是，一旦開始打掃，就停不下來。現在甚至成為我下班回家後的樂趣之一，更不可思議的是，越打掃，就越在意很多小細節。

有可以專心投入的事情很不錯。至少可以暫時逃離現實，我有時候甚至會打掃門外。

志穗發出窸窸窣窣的聲音，看著袋子裡的書，然後喃喃地說：

「太厲害了，這次又買到書單上所有的書嗎？一定找得很辛苦吧？」

志穗這次的書單種類也很繁多，她每次都不會寫清楚是哪一類的書，我看到朋子很忙，所以起初只能自己找，最後當然一本也沒有找到。朋子忙完之後，又像上次一樣幫我找到了這些書。

「嗯，算是啦。」

我模稜兩可地回答。

「我剛才這句話，是要對朋子說的。」

志穗立刻吐槽我。

她看起來和之前完全沒有兩樣。

「這本、這本。」志穗拿出一本書，給我看了封面。「好懷念啊，我在高中之後就沒再看過，好期待啊。」

「太宰治？」

我當然也知道這個作家，只不過如果要問我這作家都寫什麼書，我就答不上來了。

志穗接著又拿出了好幾本她特別想看的書向我介紹，我雖然聽她說著，但有一半無法理解。這也沒關係，只要看到她開心的樣子，我就滿足了。

「這是你的。」

她遞給我一本雜誌大小的書，封面上寫著《輕鬆做晚餐》，和一張很大的烤魚照片。

「這是下一次的功課？」

我看到她列出的書單時，就開始有不祥的預感……。我勉為其難地接過來，隨手翻了一下，果然是食譜書。

「對，但是你小心別受傷。」

「打掃的話，只要房間乾淨了，就是終點，但下廚這件事，根本不知道哪裡是終點。」

我甚至想不起來最後一次拿菜刀是什麼時候。志穗住院後，我都一直吃超商的便當。

「借我一下。」

我把食譜書交給伸手過來的志穗，她俐落地折起其中幾頁角落。

「這是『簡單洋芋沙拉』，還有『簡單薑燒豬肉』，和『簡單味噌湯』。」

「這一點都不『簡單』，我一個人去超市，根本不知道該買什麼。」

「你很快就會習慣了。你先練習這幾道菜，最後的課題……嗯，那就這一道。」

她雙手打開的那一頁上，刊登著冒了熱氣的馬鈴薯燉肉。那是我最喜歡的一道菜，志穗也常常做給我吃。

「你做出自己覺得滿意的馬鈴薯燉肉，裝在保鮮盒裡，帶來給我吃。」

「好，這次的功課應該不難。」

食譜書就像是寫了答案的習題集，我覺得很快就可以完成，不用等到星期天，我就可以來看志穗了。

仔細觀察後，發現她氣色很差，而且好像瘦了些。雖然我很想問，但最後還是問不出口。

我再度逃避現實。

星期六，我在超市買菜時，忍不住嘀咕著。距離上次去醫院，即將兩個星期了。

「哪裡簡單啊。」

我邊看食譜邊下廚，已經完成了所有練習用的料理。雖然做洋芋沙拉時，削馬鈴薯皮費了一番工夫，但是調味很簡單，只要加鹽巴和美乃滋就行了。薑燒豬肉是使用管狀的薑泥，的確很簡單，只有馬鈴薯燉肉試了好幾次，仍然做不出理想中的味道。這一週的週一、週三和週五都連續挑戰，全以失敗告終，無論如何，都做不出自己覺得「好吃」的馬鈴薯燉肉。然後就過了萬聖節，時序已經進入十一月。

我拿著蒟蒻絲仔細打量著。我之所以覺得自己的馬鈴薯燉肉沒過關，是因為和志穗做的味道不一樣。雖然我知道已經非常接近，但還是有哪裡不一樣，只是如果要問志穗，我又覺得很不甘心。幸好志穗最近只傳普通的訊息，目前並沒有要求我買新的書。

「會不會是因為這個的關係……」

我把平時買的蒟蒻絲放進購物籃後思考著。我知道自己在賭氣，昨天的馬鈴薯燉肉還沒吃完，今天又想重新挑戰。我想起大橋那天還很納悶地說：『你最近怎麼都趕著回家？』

「這不是山本先生嗎？」

一張熟面孔笑著走過來。仔細一看，原來是朋子。

「妳好，那天太謝謝妳了。託妳的福，我現在記住倒垃圾的日子。」

「你除了打掃家裡，還會出門買菜，真是太了不起了。志穗的身體還好嗎？是不是快出院了？」

她可能認為志穗只是住院檢查。

「是啊，差不多了吧。」

「我原本還打算去醫院探視她，真是太好了。」

她可能剛下班，在書店的圍裙外穿了一件運動夾克。

醫生的確在和志穗在討論出院的事。由於她決定不接受化療，目前已經不需要任何治療。我都是透過志穗的母親，瞭解到這些情況。

志穗寫給我的電子郵件，都只討論她看書的感想。聽志穗的母親說，志穗會出院回家，最後會住進安寧病房。

『志穗出院後，可以回娘家住，否則你會太辛苦。』

志穗母親的這種提議，我覺得很不真實。現在只想專心做馬鈴薯燉肉……我果然在逃避。

「今天打算煮什麼？」

朋子探頭看著我手上的便條紙，立刻說：「原來你要煮馬鈴薯燉肉。」

我大吃一驚。

「妳怎麼知道？」

「既然你要買豬肉、馬鈴薯和蒟蒻絲，當然就是馬鈴薯燉肉啊。」

「原來是這樣啊。」

在家庭主婦的眼中，這可能是常識。我不由得佩服，然後指著剛才放進購物籃內的蒟蒻絲說：

「是用黑色的這種吧？」

「我們家是用這種，但聽說有人用白蒟蒻絲，我知道還有人會用蒟蒻片，所以可能是看各家偏好。」

朋子看到我皺起眉頭，「呵呵」一笑。

「蒟蒻是用魔芋做的，據說是魔芋的皮導致做出來的蒟蒻變成黑色。現在技術進步，都是用魔芋粉來做蒟蒻，只不過做出來的就變成白色的。」

「是喔。」

「以前都是以黑色為主流，所以現在的黑色蒟蒻都特地加海藻粉末著色。」

沒想到除了書以外，朋子對料理也很精通，我十分佩服。這時，她突然說了「味噌」這兩個字，讓我皺起眉頭。

「味噌？什麼意思？」

「志穗曾經拿了一些她煮的馬鈴薯燉肉給我吃，實在太好吃了，我就問了她食譜。」

「所以說……她加了味噌？妳說的味噌，就是加在味噌湯裡的味噌嗎？」

「對，就是那個味噌。她告訴我，在起鍋之前，會稍微加一點味噌提味。」

我回想起志穗做的馬鈴薯燉肉。沒錯，的確有淡淡的味噌香味。如果沒有朋子提醒，我完全不會察覺這件事。

「謝謝妳。」

我忍不住九十度鞠躬，朋子笑著說：「你太誇張了。」我也微微一笑。

星期一，我在公司上班時，接到醫院的社工打來的電話。

『你太太目前的狀況很穩定，所以想和你討論出院的事。』

接到電話後，我立刻趕去醫院。醫生和護理師說，會處方止痛藥和嗎啡，最後階段的大部分時間都可以居家照顧。

我立刻和主管協商，主管批准了我提出的照護休假申請。我跟大橋說了目前的情況。他起初以為我在開玩笑，最後流著淚點點頭。我媽和志穗的母親都會來家裡，但每個人說話的聲音，都難掩內心的悲傷。

雖然似乎進入邁向終點的另一個階段，但我仍然很高興。志穗要回家了。我很納悶，為什麼大家都這麼難過？

但是，有一個人反對。那就是志穗。

「我想直接去安寧病房。」

志穗躺在病床上說，我太驚訝了，整個人愣住了。

「妳之前不是一直很想回家嗎？」

「雖然是這樣……」

兩週沒有見面，志穗的氣色很差，臉頰凹陷，似乎連笑容也擠不出來。

「如果妳是擔心我，那沒必要。我已經請了休假，妳只要在家喝紅茶、看書就好。」

以前只要是志穗的決定，我都會二話不說地點頭，連我都對自己脫口而出的回答感到驚訝。

看到志穗意興闌珊的樣子，我又接著說：

「對了，我可以做妳之前要求的馬鈴薯燉肉，我認為完成度很高。」

「啊？你竟然完成了？」

「不是只有馬鈴薯燉肉而已，還有其他幾道菜的水準也相當高。」

我露齒一笑，志穗終於點頭。

「那就……回家住一小段時間。」

「太棒了。」

我像小孩子一樣樂不可支，志穗不知道是不是身體痛，緊緊閉上雙眼。

我內心並非沒有不安，但是，我想可以陪伴在志穗身旁，我想再次和志穗在那個家一起生活，我想看她在微弱的燈光下看書的樣子。

——即使那是終點在即的日子。

我從志穗出院的那天就開始請假。為了讓她在家住得舒服，我把臥室的床搬到客廳，她可以隨時看電視。同時，家裡裝設緊急救援系統。這就像是醫院病床旁的護理緊急呼叫鈴，一旦身體不舒服，呼叫緊急救援，就會有人上門的服務。

家裡打掃得一乾二淨，只要去買志穗昨天傳給我的書單上的書，就萬事俱備了。這次只有上次的一半，我打算利用時間和志穗好好聊天。

出院當天，我坐立難安，雖然離出院時間還早，但我很早就去了書店。書店似乎才剛開門，朋子正在把手寫宣傳牌放在新書區。

「味噌的確是關鍵。」

我一見到朋子，立刻向她比出勝利的手勢。

「我就說嘛。志穗有沒有很高興？」

「我還沒做給她吃，她今天要出院。」

「啊……。這樣啊，恭喜了。太好了。」

朋子笑得很開心，我有點害羞。

「她又傳了書單給我。」

我給她看了比平時少的書單。

朋子似乎沒有察覺這件事。

「那我去幫你找。」

「不，」我把書單收回來，「我今天想要自己找。」

當初收到書單時，我就決定了這件事。

「也許會花一點時間，如果實在找不到，可能還需要麻煩妳。」

至少在最後一次，我想親自找書，再交到志穗手中。

最後？我在想什麼？以後也可以繼續和志穗在一起。

「那至少讓我把出版社的名字，還有文庫本和雜誌種類寫給你。」

朋子在收銀台旁的電腦前，俐落地寫著。

拿到了所有的提示後，我開始在還沒什麼客人的書店內，尋找書單上的書。我原本並不喜歡書店，現在卻好像變成有我和志穗之間回憶的地方，心情格外平靜。書架上有很多書，想要尋找自己要的那本書，簡直就像在挖寶。

每找到一本，就高興得忍不住想要做出勝利的姿勢。這次書單上仍有各種不同類型的書，其中還有旅行雜誌。多虧朋子的提示，我順利找到所有的書。

既然在離家最近的書店，每次都可以找到志穗想看的書……

神啊，我是不是可以相信奇蹟？

那天晚上，志穗吃了馬鈴薯燉肉後，露出了燦爛的笑容。

「嗯，及格。」

「太棒了！」

我像小孩子一樣喜形於色，志穗笑得眼睛都彎了。志穗的母親剛才回家了，我終於能夠端出馬鈴薯燉肉。

看到志穗終於回到久違的家，我從剛才就興奮不已，不停地和她說話。

「你竟然知道要用味噌提味。」

「是啊。我的功課及格了吧？」

我吃了一口馬鈴薯，煮得很入味，很好吃。多虧朋子教我使用壓力鍋的方法，所以也不會燉得太爛，非常完美。

「當然及格，而且家裡打掃得很乾淨，整個家看起來都很明亮。」

志穗環顧房間時，看起來有點疲憊，我立刻扶她去床上休息。

志穗坐在搖高床頭的床上，看到放在床頭櫃上的書，叫了一聲：

「啊！」

「這次也全都找到了，我真是太厲害了。」

「准，你真的很厲害，你及格了。」

志穗佩服地說著，看著書的封面，然後把其中一本遞給我。

那是一本旅行雜誌。一看封面，上面寫著『靜岡』。

「這是這一次的功課，嗯……」

志穗翻著雜誌，臉色蒼白，看起來有點喘不過氣。

「還好嗎？」

「你等一下一個人收拾、洗碗，沒問題嗎？」

志穗露出調皮的笑容，讓我暗自鬆了一口氣。她翻開雜誌中的一頁給我看。那一頁上寫著『濱名湖』，她手指著一家名叫『海洋』咖啡店，配著一張小照片，照片中，一份大大的布丁被擺在可以眺望濱名湖的桌上。

「我希望你去這裡。」

「咖啡店嗎？濱名湖在濱松市嗎？那我們下次一起去。」

志穗聽了我說的話，沉默了一下。雖然她只沉默了幾秒鐘而已，但我覺得很漫長。

接著，她對我說：

「等我死了之後——」

「喂！」

我忍不住提高音量，志穗把食指放在嘴唇前「噓」了一聲。

「這件事很重要。」

「……」

「在我死了之後，希望你找一個萬里無雲的晴朗天氣去這家咖啡店。知道嗎？一定要萬里無雲的晴朗天氣。」

「……為什麼？」

「我沒辦法告訴你理由，但是，請你一定要去那裡，而且要在中午過後的時間去。」

志穗笑著說，我搖搖頭。

「我不想聊這種事。」

「那我就自言自語，你只要聽就好。」

「我不想聽。」

我們好不容易又生活在同一個屋簷下，為什麼要談死之後的事？

「聽說那家咖啡店有一個有點年紀的老闆，我希望你把我的事告訴他。」

「……那家咖啡店是妳朋友開的嗎？」

「我完全不認識他，但是……那個人一定可以幫你。嗯……我覺得你冬天去比較好。」

「我沒有興趣。」

我絕對不想做這種功課。志穗拿起放在床頭櫃上的記事本，在上面寫著字，同時對我說：

「聽說濱名湖很漂亮，一到冬天，紅嘴鷗就會聚集在濱名湖。」

志穗把雜誌闔上，躺下。

「我聽不懂妳在說什麼，也不想再談這種事。」

我離開床邊，準備去洗碗。

「准，你聽我說。」

「嗯？」

「人在遇到悲傷和痛苦的事時，是不是都會假裝沒看到？我認為這很正常。」

我打開水龍頭，水沖在手上。水冰冷刺骨，我忍不住咬著嘴唇。

「即使這樣，你仍然完成了功課，真的很感謝你。雖然你自己可能沒有察覺，但你已經開始面對現實。」

「……有嗎？」

「有啊，所以你把我帶回家了。不瞞你說，我原本已經放棄了，但是，你變堅強了。真的很感謝你。」

我把水開大，就聽不到志穗的聲音了。

我才沒有變堅強，一聽到志穗說『死』，就開始發抖。如果我真的變堅強了，就會勇敢面對。

短短兩天期間，志穗的身體狀況急速變差。她吃不下，連喝水都有困難。病痛似乎很嚴重，她不再看書。居家護理師建議：「差不多該送去安寧病房了。」

去安寧病房辦理完住院手續，我去超市買菜。

『我想吃燉得很軟的馬鈴薯燉肉。』

我出門前，志穗提出這個要求。

超市的生鮮賣場和戶外一樣冷。

下個月，就是我們的生日。希望志穗可以活到那時候。我覺得自己有這種想法太不吉利，嘆了一口氣。

之前覺得有志穗的生活很理所當然。除了打掃和下廚以外，她還包下了大部分瑣碎的事。看到她日漸衰弱的樣子，我知道奇蹟不會發生。

來到蔬菜區，我已經知道哪種蔬菜放在哪裡。我沒有買平時常買的五月皇后馬鈴薯，而是挑選容易煮爛的男爵馬鈴薯。只要用普通的鍋子煮，就可以煮得很軟。

這時，我發現手機響了。陌生的號碼出現在螢幕上。

「喂？」

『請問是山本先生嗎？是山本准先生嗎？』

電話中傳來男人急切的聲音。

「對，我就是。」

『這裡是緊急救援系統，剛才接到府上的緊急救援系統的聯絡，請問你現在人在哪裡？』

「……志穗嗎？」

『是山本志穗女士聯絡我們，要求派救護車。』

我茫然地看著手上的購物籃掉在地上。

我完全不記得自己怎麼掛上電話，當我回過神時，發現自己拔腿跑回家裡。志穗出事了。志穗……志穗！

我衝上樓梯，用鑰匙打開門衝進家裡。志穗在床上痛苦地皺著臉。

「志穗！」

志穗呼吸急促，動動嘴巴，不知道說了什麼。

「妳等一下，我拿藥給妳。」

我準備從藥袋中拿出嗎啡錠劑，志穗抓住我的手。她的手冰冷，我驚訝地看著她，她緩緩睜開眼睛看著我。

「……准，你……回來了。」

「妳要吃藥，而且救護車馬上就來了。」

志穗聽到我這麼說，緩緩搖搖頭。

「你有沒有說、你回來了？」

「……我回來了。」

志穗聽了之後，眼角微微彎了。她痛苦地呻吟著。

遠處傳來警笛聲。

「救護車來了，再等一下，馬上就到了！」

我感受到志穗原本緗緊的身體突然癱軟了。她明明還沒有吃藥。我看向她的臉，我從來沒有看過她的臉這麼蒼白。

「志穗！」

我用雙手緊緊握著她的手，我想讓她暖和起來。

「……課。」

志穗似乎小聲說著什麼，我把臉湊過去。

「功……課。」她說。

「志穗，撐下去。好不好……拜託妳了。」

我不顧眼淚順著臉頰滑落，對志穗說。

她的雙眼緩緩看向我問：

「准，你在嗎？」

「在啊，我在這裡！志穗，我……」

我無法把這句話說完，就嗚咽起來。

「嗯。」志穗似乎放心了，眼神飄忽著。「記得……功課……」

她的嘴唇吐出了這幾個字。

救護車在樓下停止鳴笛。

趕快、趕快上來。神啊，為什麼我這麼用力祈禱，奇蹟仍然沒有發生！？不要把志穗從我身邊帶走！

「志穗，如果沒有妳，我……不行，志穗……」

我哭著對她說，志穗好像用全身吐出一口氣，閉上眼睛。她的手從我的手中滑落。

「……志穗？」

人生中怎麼會有這種事？

「志穗，喂，志穗！」

我聽到有人跑上樓梯的聲音。

「志穗！志穗！」

她的身體一動也不動。只有門鈴聲響個不停。

「誰來、救救她！求求你們！」

這個世界上沒有神，這個世界不會發生奇蹟。

即使救護隊員打開了門，衝進屋內，我仍然拚命想要焐熱志穗的手。

✦

志穗最後那段日子的回憶看似很長，卻很短暫。我來寸座車站，真的是正確的決定嗎？

一看時間，已是列車即將抵達的時間。

我決定完成志穗給我的功課至今已經過了兩個月。尾七終於結束，在形同行屍走肉的這段日子中，我每天、每天都在吃馬鈴薯燉肉。

我覺得志穗就在那裡，但其實她已經不在了。苦變成了痛，最後連痛也麻痺了。

晨間新聞的主播說『今天全國各地都是晴朗的好天氣』，我想起志穗說的話，才終於決定來濱名湖。

我毫不猶豫向公司請了年假。我沒有說理由，上司爽快同意了。大橋也說，『工作就交給我來處理』。

志穗的事發生後，我親身感受到別人的同理心，但這種同理心讓我感到刺痛。

當我在回憶的旅程中遨遊時，剛才那個姓三浦的站務員不知道去了哪裡。晚霞映照天空，我看著越來越深的漸層色彩，告訴自己，一定要完成和志穗之間最後的功課。

「志穗……我想妳。我想再見妳一次。」

說出口的話變成白色霧氣，消失在空中。我握緊雙手，在內心用力祈禱。雖然我不相信奇蹟，但是我相信志穗的話，所以，請讓我見到志穗。

遠處傳來列車行駛在鐵軌上的聲音。轉頭一看，列車從山間出現了。車身閃著金色的列車發出煞車的聲音，停在月台上。

這就是晚霞列車……？

散發著夢幻光芒的列車門打開，一個女人下車。看到她身上那件熟悉的洋裝，我說不出話。

「怎麼可能……」

志穗站在那裡。我太驚訝，無法站起來。志穗走向我，眼睛笑得瞇成了一條縫。

「准，我回來了。」

「志穗……」

這是夢嗎？和最後的記憶相比，眼前的志穗臉更圓。她坐在發愣的我身旁，瞇眼看向濱名湖。

「謝謝你相信我。」

「妳還活著……」

她難過地搖搖頭。

「不是，在晚霞消失之前，只能最後再見一面……咖啡店老闆不是告訴你了嗎？」

「所以……」

「幸虧我相信了傳聞。」

志穗鬆口氣，我覺得她好像快消失了，於是摸著她的手。

「啊啊……」

摸著她溫暖的手，淚水頓時流下。

「志穗！」

我把她的身體拉過來，緊緊抱著她。

啊啊，我見到志穗了。我又見到了她。

志穗去世之後，我以為已經流乾的淚水好像潰堤般嘩嘩地流。為什麼她活著的時候，沒有多去探視她？明知道自己會後悔，為什麼……？

「准，你一個人沒問題了。」

聽到她這麼說，我詫異地鬆開她。

「妳在說什麼？如果沒有妳、沒有妳的話……」

志穗把食指放在我的嘴唇上。

「噓。」她笑了笑，又繼續說下去。「只要會打掃，會下廚，就能夠照顧好自己的生活了。你要有自信。」

「不要像老師在訓示學生……」

「呵呵。」志穗一笑，我覺得她隨時會消失，於是握緊她的手。

「你現在可以悲傷，但是，你已經有了一個人走下去的力量，我希望你以後能夠幸福。這是最後的功課。」

「……不要說了。」

我站了起來。夕陽即將沉入山的後方。月亮已經性急地在相反方向的天空露臉。

「不要逃避。」

「……我沒有逃避。」

我覺得志穗把一切都看透了。站在我身旁的志穗抬眼看著我。

「你聽我說，我想請你謝謝朋子。」
「朋子？為什麼？」
我問。志穗沉默片刻後回答：
「你每次去書店，都可以買到書單上所有的書，難道你不覺得奇怪嗎？其實我每次都事先把書單傳給朋子，如果店裡沒有的書，就請她事先幫我訂。」
「啊？這……是為什麼？」
「我想在死前看那些書。而且，還有另一個原因……雖然這樣說有點自以為是，但是我希望帶給你力量，讓你在我死後，能夠繼續活下去。」
我說不出話。原來是志穗帶來的奇蹟……
「如果以後遇到困難，可以向朋子或是周圍的人求助，有很多人都很關心你，是不是很慶幸住在集合住宅？」
志穗眉開眼笑地說，我的淚水仍然不停地流。但是，我希望志穗陪伴在我身旁。我只有一個心願，那就是和妳一起活下去。

「其實……」

志穗露出了害羞的笑容。

「住院期間，身體真的很痛，我很希望最後能夠像這樣，帶著平靜的心情和你說說話。」

「妳可以告訴我啊，化療也……」

「任何人都希望心愛的人看到自己美美的樣子，而且我很希望早點在這裡見到你。」

志穗突然收起笑容，看向天空。夕陽消失了，天空漸漸被深藍色侵蝕。志穗的身體也好像慢慢融化在黑夜中。

「准，謝謝你。最後能夠見到你，真是太高興了。」

志穗漂亮的手鬆開了，向我鞠躬。她的臉上帶著笑容。

「為什麼這種時候還可以笑……？為什麼、可以這麼……堅強？」

我嗚咽起來。從今以後，我必須獨自生活下去。這件事令我感到不安。

「是你讓我變得堅強，成為你的太太很幸福。」

「志穗……不要走，不要丟下我。」

「接下來，輪到你得變堅強了。」

「我做不到……」

晚霞只有在水平線剩下一抹紅色。

「希望可以安心地去那個世界。」

志穗的這句話敲醒了我。我看到志穗不安的眼眸中流下一滴淚水。

她為了我，一直都在逞強……。她比任何人更加痛苦，更加悲傷，但是為了我故作堅強，難道我要這麼軟弱地送她離開嗎？

不，不要。

「……我知道了。我會堅強。」

「真的嗎？」

「對，我一定會堅強。」

我勉強擠出笑容，志穗發自內心鬆了一口氣。晚霞列車亮起車頭燈，志穗再次緊緊擁抱我。我抱著志穗軟綿綿的身體。

「謝謝，志穗，謝謝妳。」

「不要忘記最後的功課。」

「我之前不是都完成了嗎？妳就放心等著吧。」

我吸吸鼻子，逞強地說，志穗用力點頭，帶著笑容，搭上列車。車門靜靜地關上，我和志穗從此天人永隔。

但是，這不是結束。在往後的人生道路上，我必須用我的方式，完成志穗留給我的功課。

我追著啟動的列車跑到月台的角落，向志穗揮著手。

「志穗，我會努力！」

漸漸遠去的列車失去金色的同時，消失在黑夜中。

月台上除了我，沒有其他人。我在寂靜中重新坐回長椅上。白色的鳥飛過夜幕降臨的天空。

「那就是紅嘴鷗嗎？」

奇怪的是，我並沒有流淚，而是發自內心覺得幸好今天來到這裡。我原本一直以為這個世界上沒有奇蹟，但是現在知道，當心愛的人祈禱奇蹟發生，而且自己也真心相信，是一件重要的事。

回家之後，我要做馬鈴薯燉肉。我想起還沒有請朋子吃我做的馬鈴薯燉肉……，明天請她來鑑賞一下也不錯。

列車的車頭燈從遠方靠近。我要用自己的方式，邁向未知的明天。這是志穗留給我的功課中重要的一頁。

風聲似乎在對我呢喃：「加油嘍。」

我覺得很像是我那個美麗又溫柔，心愛的人在對我說話。

第六章

因為看著太陽

忘了這是第幾次來寸座站。

第二十次，不，我覺得已經來過五十次了。

從位在高地上的無人車站，可以看到濱名湖和天空在遠方連成一片。向晚的天空貼滿鉛色的雲，遮住了急著爬上天空的月亮。

雖然濱松市屬於溫暖的地區，但二月底的寒意從圍巾的縫隙鑽進來，輕易帶走身體的溫度。兩年來留長的頭髮每次被風吹起，就帶走脖子和臉頰的體溫。

四十歲後，越來越怕冷。我覺得並不是心理作用。

「差不多該回家了。」

我這麼告訴自己，從木製長椅上起身。

後方的藍色塑膠牌子寫著，這張椅子名叫『相聚椅』。以前牌子上的字幾乎都看不清了，最近可能換上新的牌子，可以看得很清楚。

即將消失在山後方的夕陽，在無人車站留下了很長的影子。

「優子。」

鈴木美里在車站旁的人行道上向我揮手。

「我就覺得這個人怎麼很像妳，走過來一看，果然是妳。要搭火車去掛川嗎？」

「不是，我在看夕陽。」

今天的妝容也很完美的美里聽了我的回答，笑了笑。

「原來在懷舊啊。以前讀高中時，我們幾乎每天都會搭天濱線。」

我和美里從國中時開始就是朋友。她高中畢業後馬上就去東京工作，和公司內的前輩結了婚，我們之間因此有一段空白的時期。三年前，美里離婚回到娘家之後，我們才又開始來往。

「蓮花快要離家了吧？妳一定會很寂寞。」

美里的獨生女蓮花目前是高三的學生，已經考上東京的大學，春天之後，就要去東京讀書。

「才不會寂寞呢。蓮花很想去東京，我希望她趁年輕時，去東京磨練一下。」

也許是因為美里從東京回流，她回到這裡後，特別引人注目。她的鮑伯頭挑染著明亮的髮色，身上的衣服大部分都是在這裡買不到的花俏款式，而且穿在她身上很好看。

她在保險公司當營業員，聽說業績很優秀。

「今年已經過了兩個月，時間過得太快了，轉眼之間，一年的時間就過去了。」

美里抬頭看向天空嘟噥著。

「是啊，」我點點頭，「已經四十八歲了，不知不覺就變成了老太婆。」

美里聽了我的話，皺起眉頭。

「我明明才四十七歲。」

「差不多啦。」

高中畢業至今超過三十年，但每次和美里見面，就會陷入回到以前的錯覺。

但是，想必在我身上已經找不到一絲一毫當年的燦爛。

「啊，好冷，太陽已經下山了，差不多該回家了。」
我像往常一樣，用硬擠出來的笑容，掩飾開始陰鬱的心情。
「那我開車送妳。」
「我家就在附近，我走路回去就好。」
我按著頭髮，指向馬路對面。我們都住在俗稱『山上』的坡道中途。
「不要跟我客氣，我剛好下班準備回家，而且健介先生好像已經回去了。」
「啊？這麼早嗎？」
我很驚訝。現在還不到五點——。想到這裡，我想起來了。
健介告訴我，今天傍晚五點，有客人要來家裡。
美里看到我突然想起什麼事的表情，富有光澤的嘴唇揚起笑容。
「妳還是這麼健忘，上車吧。」
美里邁開步伐，我再次回頭看了一眼。
沒有夕陽映照的濱名湖，開始染上失去光芒的夜晚色彩。

——那孩子曾經像太陽。

我至今似乎仍然能夠聽到他帶著燦爛的笑容，天真無邪的開朗聲音。

『媽媽，今天晚餐要吃什麼？』

『班上來了一個轉學生。神戶在哪裡？』

『和久對我說，我們一起玩。』

陽太人如其名，他為我帶來了陽光。

但是，那天之後，陽太變得很少說話。我的婆婆去世是很大的原因。他最愛的奶奶去世，讓他幼小的心靈受到很大的傷害，他封閉了自己。

現在回想起來，我應該好好傾聽陽太說話。

他跟我說話時我沒有停下做家事的手，曾經因為忙碌而拒絕他。後悔就像海浪，不斷湧上心頭。

這些在失去之後所發現的事，到底要重溫多少次，這份傷痛才能療癒？

他會有原諒我的那一天嗎？

姓『坂東』的工作人員持續說明三回祭的佛事。桌上的茶應該早就冷掉了。

三坪大的和室中央有一個大佛壇，陽太和丈夫健介父母的遺照都放在上面。這裡是充滿空虛的悲傷房間。

兒子去世快滿兩年了。因為去世那一天是一回祭的忌日，所以死後滿兩年的忌日，四月九日那一天稱為三回祭。

「以上就是關於陽太三回祭的情況，請問有沒有什麼問題？」

坂東問健介，但是健介一動不動地看著資料。坂東不知所措地看向我，我只好開了口。

「不，沒有什麼特別的問題，只是沒想到陽太離開已經兩年了——」

說到這裡，我立刻打住。這種陳腔濫調說了也於事無補，更何況我並不覺得這一路走來的時間過得很快。

這段日子，我覺得自己的身體陷入泥沼中。想要撥掉黏在身上的泥巴，但完全無法動彈，每天都在掙扎。
看到坂東微微歪著頭，似乎在等待我的下文，我急忙搖搖頭。
「沒事，那就拜託了。」
我對他微笑，坂東跟著揚起嘴角，但立刻想到這個場合不該笑，於是嚴肅起來。
「您客氣了，請多指教。」
坐在我旁邊的健介默不作聲，他抬起頭，注視著陽太的照片。
當初決定造這棟房子，是因為健介的父親去世，當時住的集合住宅房子太小，無法把住在三之日町山上的婆婆接過來一起生活，而且覺得當時讀小學三年級的陽太，差不多該有自己的房間了。
原本打算在之前住的集合住宅附近找土地建房子，最後在婆婆的熟人介紹下，用極優惠的價格買下細江町的土地。
當時覺得一切都很順利。
雖然陽太不太想轉學，但是看到自己的房間，開心地歡呼起來。婆婆也參加了附近公民館的老人俱樂部排解寂寞。

笑聲不斷的理想家庭，在短短兩年後就崩潰了。

不僅健介的母親離開我們，甚至奪走了陽太。我至今仍然覺得那是夢，希望這是一場夢。

我雖然知道陽太因為婆婆的死深受打擊，但那時我只是用敷衍的話激勵他。我無法原諒這樣的自己。為什麼當時沒有多關心他？我是他的母親，卻無法拯救他的心。

我不想面對湧上心頭的悲傷，面帶笑容地送坂東離開，回到客廳時，健介正在洗杯子。

「放著我來洗就好。」

「順手洗一下就好。」

「這樣啊。」

這個家已經聽不到笑聲。我整理放在桌上的資料時，不經意地看了健介一眼。

他比我小八歲，今年四十歲。他熱愛運動，身材很結實，但是髮際處已經開始冒出白髮。

一年前開始飼養的黑色柴犬在健介的腳邊搖著尾巴。『月月』不太像公狗的名字，但這是健介取的名字。基本上，都是健介在照顧月月，也很愛月月。

「要不要去散步？」

月月可能聽懂健介說的話，更用力地搖尾巴回答。

月月和我不親。雖然我知道我沒有照顧牠，牠不親我是理所當然，但是每天回家時，看到牠只是勉為其難地搖一下尾巴，心情就很沮喪。

「我要去便利商店，有沒有要買什麼東西？」

「沒有。」

這裡離便利商店很遠。

月月沒有看我一眼，就跟著健介出門了。

我折好收進來的衣服，走去二樓的臥室。我打開前面那間陽太以前住的房間，時間仍然停留在那一天。

藍天白雲圖案的壁紙，書桌和書包，木製的床。我坐在小椅子上，似乎聽到整個房間在向我抗議，『這裡不是妳的房間』。

我甚至無法清除書桌上使用橡皮擦留下的屑屑。

和室充滿了死亡的味道，這個房間剛好相反，可以感受到陽太的生命。

「離開至今已經兩年了。」

我把手輕輕放在書桌上。陽太的確曾經在這裡。

坂東告訴我，三回祭是重要的佛事，決定前往來世的路。雖然我不太能夠理解這句話的意思，但只要對陽太有幫助，我願意做任何事。

兩年的歲月改變了很多事，但是，無法消除沒人——就連健介都無法——瞭解的孤獨和極度的悲傷。

「媽媽……變成了機器人。」

在頭七之後，我的淚水就乾了。

我從去年開始打工，目前還在繼續，有時候會和美里相約喝咖啡。

但是，我已經不存在，一直覺得其實在高處俯瞰面帶笑容的自己。真希望趕快去找陽太，但是，我相信他並不希望如此。

陽太是……因為我而死。

推開海洋咖啡店的門，立刻聞到肉醬的香氣。

老闆村上先生正在準備開店。

「早安。」

我探頭打招呼，他笑著對我說：

「早安，今天也拜託了。」

村上先生留著鬍子，頭髮都向後梳，看起來比實際年齡年輕，完全看不出來已經六十多歲。從我家走路到這家咖啡店只要十分鐘左右，他應該知道我家發生的事，但是他從來沒有問過。

村上先生經常聊月亮的事。濱名湖上空的月亮很美，店內也掛著村上先生拍的照片。

已經變成機器人的我無法理解其中的美。肉醬、月亮和照片，都令我聯想到陽太，每次都令我痛苦不已。

我放好皮包，繫上圍裙後洗手。週四到週日四天，我在這裡工作，從上午十點到下午四點半。

我正在準備開店，村上先生開始泡咖啡。這代表他的準備工作已經告一段落。

「篠原太太，來喝一杯吧。」

我正在擦桌子，村上先生對我說。

「謝謝，那我不客氣了。」

陶器的杯子中是一片黑色的海。深色咖啡中可以看到自己倒影，味道很溫和，容易入口。

「今天的是藍山咖啡。」

「真好喝。」

「產地是牙買加，這是日本企業出資，專門為日本人生產的咖啡豆。其他國家的人，可能甚至不知道這種咖啡豆的名字。」

我對咖啡不太瞭解，但健介每天都會自己磨咖啡豆喝咖啡，陽太也有樣學樣跟著一起喝，但每次都會加很多砂糖和牛奶。

——完了。

在工作時，不要想這些事……不，和別人在一起時，都不能想這些事。

「會議室今天有人預約。」

座位區後方，有一個可以容納二十人左右的空間。剛才在為開店做準備時，看到那裡放著『預約』的牌子。

「家長會說想來這裡續攤，我記得是佐久米小學的家長會。」

村上先生的這句話讓我內心起伏不已。

佐久米小學是陽太以前就讀的學校，在目前這個時期，家長會應該要討論即將到來的畢業典禮。

如果陽太還活著，即將要迎接畢業典禮了。

我和以前那些同學家長很久沒有聯絡了，再次見到她們，內心應該不會起波瀾，可以笑臉以對。

「別擔心。」

「啊？」聽到村上先生突然這麼說，我抬起了頭。

村上先生動作優雅地拿著咖啡杯，又說了一次：

「不用擔心，他們預約的時間是兩點，已經過了下午的尖峰時間，今天星田太太中午就會來上班，妳可以在下午一點左右下班。」

星田太太和我一樣在這裡打工，我們有幾天會遇到。

喔喔……。雖然我從來沒有告訴過村上先生詳細的情況，但他果然知道陽太的事。他不希望我遇到家長會的人，避免我感到不愉快。

「我沒事。那就開店嘍。」

村上先生張張嘴，想要說什麼。我不等他說出口，就走去門口。只要掛上『OPEN』的牌子，上午的準備工作就完成了。

沒錯，我沒事。目前所發生的事，對我並沒有太大的意義。現在就像是一度失去活下去動力後的餘生，只要腦袋放空，什麼都不想，再次見到陽太的日子就在前方。

只要在缺氧的痛苦中捱過一天又一天，就可以見到他。

「沒想到已經三月了，時間過得真快。」

聽到村上先生靜靜地說這句話，我忍不住笑了。村上先生一臉驚訝，我搖搖頭。

「沒有啦，因為每次月初的時候，你就會說『時間過得真快』。」

「妳這麼一說，好像真的是這樣，總覺得年紀越大，日子好像就過得越快……。啊，咕嚕。」

村上先生發現窗外的黑貓，立刻走去廚房。這家咖啡店飼養的黑貓名叫咕嚕，村上先生應該會去後門餵牠。

咕嚕隔著窗戶注視著我，然後轉過頭，優雅地走去後門。

牠和月月一樣，都不太理我。

──『我肚子痛。』

有一天早上，陽太這麼說。

我至今仍然記得，雖然陽太很不願意，但我好說歹說帶他去醫院的那一天。做了檢查，但沒有查出任何原因，領了整腸藥之後，我們一起搭上公車。

「媽媽，對不起，讓妳擔心了……」

陽太在搖晃的公車內，流著淚向我道歉，我覺得他很可憐，頻頻鼓勵他：『沒關係，希望你趕快好起來，可以再去學校上課。』

但是，那天之後，陽太經常請假不去學校。

幸谷太太一看到我，立刻顯得很尷尬。我之前都叫她『和久媽媽』，一下子想不起她姓什麼。

「好久不見。」我主動向幸谷太太打招呼。

「啊啊，嗯。」幸谷太太很生硬地回答，但可能立刻發現這樣不太妙，下一刻換上喜悅的表情說：

「好久不見，妳在這裡上班嗎？我完全不知道，嚇了一跳。」

六年級各班的家長代表聚集在會議室內，但我只認識幸谷太太。放在桌上的資料上寫著『關於畢業典禮』的文字。

在為他們點餐時，我知道幸谷太太不時瞥向我。

我也聽到幸谷太太旁邊的人問她「是誰啊？」，她小聲回答「等一下說」。

最後一次見面是在葬禮的時候，我們已經有兩年沒見面了。幸谷太太的兒子和久是陽太轉到這所學校後，最先交到的朋友。

這裡和之前住在集合住宅時不同，學生住得並不近，並不需要排路隊一起上學。雖然都在濱松市，但陽太對周圍的環境並不熟，只能搭公車去位在三之日町的小學上課。

陽太每天都與和久約在寸座站前的公車站見面，然後一起去上學。陽太無法再去學校上課之後，和久會走上坡道來接他。

葬禮那一天，和久很生氣。不顧幸谷夫妻的勸阻，在葬禮舉行到一半時就離開了。那天之後，就沒再見過他們。不，見到他們會很難過，於是我一直避開他們。

我在收拾其他餐桌時，像往常一樣，腦海中浮現各種理由。

因為建了房子。因為搬了家。因為轉學。因為他不想上學，我責備他。因為我用無言的壓力，逼迫他去上學。

各式各樣的理由，最後像回力鏢一樣回到自己身上。

陽太之所以離開，全都是我的錯。

「不好意思。」

聽到聲音轉頭一看，發現幸谷太太站在我旁邊。剛才沒有發現，她似乎瘦了些。

「啊，對不起，要加點什麼嗎？」

我立刻戴上笑容的面具。

「不是，只是想問……妳還好嗎？發生了那麼多事……」

「我沒事，我很好，已經可以出來上班了。」

我已經習慣說這些言不由衷的話。

「大家都很擔心妳。……聽校長說，妳不打算參加畢業典禮……」

「喔喔……」

上個月，接到了校長打來的電話，說準備了畢業證書給陽太，希望我可以參加畢業典禮，代替陽太領取畢業證書。

校長可能完全沒想到我會拒絕，顯得驚慌失措，我覺得很過意不去。

只要有人提到陽太，我內心就會充滿罪惡感。既希望所有人都忘了陽太，又不希望別人忘記他，兩種想法在內心拉扯。

「雖然我很想去，但那天我剛好有事，不好意思。」

「原來是這樣……」

「和久還好嗎？他很照顧陽太，我一直想找機會向他道謝。」

我改變了話題，幸谷太太露出鬆了一口氣的表情。

「他很好，他很好，突然長很快，一直在花錢幫他買衣服，真是傷腦筋。」

「應該是成長期嘛。」

「葬禮的時候真對不起，我告訴他『是意外』，但他似乎不相信……」

我知道外面都在傳，陽太的死因是『自殺』。附近的鄰居奶奶曾經問我：『是不是自殺？』我覺得當時的狀況，會讓別人那麼想也很正常。

「沒關係，我一開始也這麼懷疑。」

「妳聽我說。」幸谷太太抓住我的手，我立刻甩開了。下一剎那，我才猛然回過神。

「啊……不好意思，因為我的手髒。」

我情急之下，說了這個藉口，幸谷太太有些羞赧地收回了手。

「我才不好意思。」

她低頭片刻，下定決心般直視我說：

「妳一定很痛苦，誰都沒有想到會發生那種事……」

「別露出那種表情，已經過去兩年了，我也努力恢復正常的生活了。」

為什麼幸谷太太一副快哭出來的樣子？

每次有人安慰我，我用開朗的聲音回答時，內心就痛苦不已。

「我是想，」幸谷太太紅著眼眶說，「如果可以，希望妳來參加畢業典禮，我想拜託妳這件事。」

我看到幸谷太太身後的那些家長會成員都看著我，當我看他們時，他們都慌忙移開了視線。

原來並不是巧合。幸谷太太知道我在這裡工作，所以才提議在這裡聚會……

「讓陽太和大家一起畢業。」

看著幸谷太太泛著淚光的雙眼，我感到很不可思議。

——她是基於什麼樣的感情在哭？

——我去參加畢業典禮，又能怎麼樣呢？

——大家基於惋惜為我鼓掌，然後呢？

家長和學生或許會因此而滿足，但這只是把陽太變成為畢業典禮增添感動的工具，而且，大家一定會在心裡想『幸好我家沒有發生這種事』。

我很想這麼說。

「那我回去和老公討論一下。」

我真想好好稱讚能夠這樣回答的自己。

雖然上午在村上先生面前逞強，但最後還是提前三十分鐘下班了。我坐在相聚椅上，怔怔地看向海洋咖啡店的方向。在我離開之前，幸谷太太就一再提醒我畢業典禮的事，還說要再打電話給我。

「好煩啊……」

幸谷太太並沒有錯，她很可憐，被迫來和我談這件事。我造成她很大的困擾。

往掛川方向的列車進站，車廂上畫著和鐵路公司聯名的動漫角色。車門打開，一個不時會看到的初中女生下了車。那件私立學校的上衣穿在她身上很好看，她解開原本綁在腦後的頭髮，風吹起她的長髮。

她沒有看我，逕自走進月台上的組合屋候車室。她每次都會去那裡，一定是在回家之前，和同學聊天，或是玩一下手機遊戲。

今天的天空被雲層籠罩，看不到晚霞。

聽到腳步聲，轉頭一看，發現村上先生拿著澆水壺走過來。

「今天辛苦了。」

村上先生面帶笑容對我說，我才想起一件事。

「對不起，我提早下班，影響你來澆水。」

村上先生主動照顧寸座站的花花草草，他平時都在我下班之前來澆水，但剛才太慌亂了，完全忘記這件事。

村上先生用拿著澆水壺的另一隻手在面前搖了搖說：

「沒關係，現在店裡沒什麼客人，而且星田太太也在店裡。更何況……我能夠理解妳的心情，如果有人對我說那種話，我也會受不了。」

「……你知道我兒子的事嗎？」

「我聽星田太太說了。任何話語都無法療癒失去親人的悲傷。」

聽說村上先生的太太去世了，也知道收銀台下方的櫃子中，放著他太太的照片。
我們對別人的死很敏感，但是面對當事人時，卻努力讓自己變得遲鈍。雖然有憐憫之心，但仍然覺得存在著難以踰越的壁壘。
村上先生為即將盛開的鬱金香澆水。
雖然想要回應村上先生的安慰，但完全不想說話。雖然已經三月了，但嘴唇之間吐出的氣仍然是白色。
「是因為我之前告訴妳的關係嗎？」
村上先生背對著我問。
「啊？」
「就是無人車站的奇蹟。妳之前不是曾經問我嗎？那天之後，妳經常坐在這裡。」
「啊……不是。」
雖然我立刻否認，但立刻覺得這種行為根本沒有意義，於是補充說：
「我並不是相信奇蹟，但同時又覺得搞不好能夠見到他。」

「這一陣子天氣都不太好。」

村上先生看向風吹來的方向，溫柔地繼續說：

「傳說中，在萬里無雲的晴天傍晚，當天空被晚霞籠罩時，奇蹟就會發生。」

「只要坐在這裡，想著朝思暮想的人，那個人就會搭晚霞列車來這裡，對不對？」

我並沒有相信，但是，我每天的生活充滿悲傷。明知道這是迷信，但仍然想要尋找精神寄託。

「不久之前，曾經有一個萬里無雲的日子，但是晚霞很淡。有晚霞的日子，天空中又有幾朵雲……，所以很難啊。」

村上先生好像自嘲般說完之後，看著我的眼睛說：

「可能還不足夠吧？」

「什麼不足夠……」

我聽不懂這句話的意思，村上先生拿著澆水壺走回花圃。

「只有當天空中完全沒有雲，晚霞將整個天空染成橘色時，才會發生奇蹟，只不過我也還沒有看到過。」村上先生在澆水時說，「而且，可能是雙方都沒有準備好。」

「雙方……你是說，我和陽太嗎？」

「妳為什麼想見陽太？陽太會想要見現在的妳嗎？」

村上先生說完後，有些尷尬。

「不好意思，這只是我的臆測，別在意。」

我是怎麼回答的？

我很想見到陽太。除了我是他的母親以外，還需要什麼理由？

陽太……也想要見到我嗎？

當我回過神時，發現村上先生已經不見了。

我獨自坐在無人車站的長椅上。風比剛才更強了，雲層遮蔽住整個天空。

回家吧。

雖說要回家，但我不想回到自己的家。沒有陽太的家太空蕩，有太多關於他的回憶——

「不好意思。」

旁邊響起一個聲音，我嚇得跳了起來。抬頭一看，剛才去候車室的女生就站在我旁邊。近距離觀察，發現她的皮膚很白，臉上還帶著稚氣。

她又重新綁起剛才鬆開的頭髮，穿著私立初中的制服。

她的一雙大眼睛注視著我，我差點移開視線。

「阿姨，牠是妳的嗎？」

「啊？」

我將視線向下移，發現她抱著黑貓。一身油油亮亮的黑貓把頭轉到一旁，似乎對我完全沒興趣。

「喔，牠是咕嚕，是旁邊那家海洋咖啡店的貓。」

剛才村上先生來這裡澆水時，牠跟著來到這裡。

「喔，這樣啊。」

女生輕輕把黑貓放在地上，搭上進站的列車。咕嚕不見了，不知道去了哪裡。

——以前住在集合住宅時，陽太是意見領袖。雖然他當時才讀三年級，但個性很可靠穩重，住在同一棟樓的高年級學生都很喜歡他。排路隊上學時，他總是第一個去集合地點，會主動向鄰居打招呼。

搬家後，轉學進入新的學校。起初很順利。升上四年級後，他經常因為『肚子痛』請假。一個星期後、四天後、兩天後，隨著請假次數增加，陽太不再提出理由。

暑假時，我們全家一起去露營，也一起去我母親住的宮崎縣旅行。陽太像以前一樣，玩得很開心，我終於放心了，沒想到暑假結束後，他就把自己關在房間內，門也不打開。

『雖然並沒有霸凌，但同學似乎會和他開玩笑。』來家訪的年輕女老師結結巴巴地說明，還說目前已經解決了，大家都很期待陽太重新回學校上課。

然而，隔了一段時間，終於回到學校的陽太，不知在學校發生了什麼事，在中午的時候臉色蒼白地回到家裡。從那時候開始，和他之間的談話經常是有問無答。

陽太把自己關在房間內，我、我……無法為他做任何事。

嗶。

旁邊響起電子聲，我忍不住嚇了一跳。

原來是電子鍋的聲音……

正在看電視的健介聽到這個聲音，在餐桌旁坐下。怕冷的健介在運動夾克外面套了一件棉背心。

桌上型瓦斯爐上放著鍋子，我看著健介把食材放進鍋子，有一種不可思議的感覺。

什麼都沒變。陽太不再來客廳後，我都會把他的晚餐送去他的房間。早晨的時候，再也看不到他坐在餐桌旁喝咖啡的身影。這幾年，都只有我和健介兩個人坐在餐桌旁吃飯。

即使如此，只要能夠感受到陽太在這個家裡就該知足了。現在已經知道，只要這樣就夠了，那時候為什麼一直逼他去學校？

「天氣冷的時候，最適合吃火鍋。」

健介匆匆走去冰箱拿啤酒，還沒有走回餐桌旁，就迫不及待地開始喝。

我盛好飯，和茶一起端去餐桌。

沸騰的鍋子發出咕咚咕咚的聲音，我把火關小，拿起鍋蓋，立刻聞到高湯的香氣。

「對了，校長打電話給我。」

吃了一陣子後，健介突然想起這件事。

「校長？打到你的手機嗎？」

「之前互留了電話，但這是第一次接到他來電，害我緊張了一下。」

健介對著還很燙的油豆腐吹著氣，我放下筷子。

「是不是畢業典禮的事？」

「對啊對啊，校長說，想頒發畢業證書，希望我們可以出席。沒想到校方竟然這麼有心。」

「……你答應要出席嗎？」

我忍不住壓低聲音問。健介聳聳肩說：「沒有。」他似乎發現我鬆了一口氣，點點頭說：

「在知道妳拒絕之前，我原本打算出席，但後來還是拒絕了。不過我想要那張畢業證書，所以就請校長寄來家裡。」

「對不起。」

我拿起碗，健介裝了火鍋料給我。看著在眼前冒著熱氣的食物，我完全沒有感覺。

「健介，你聽我說——」

「不要說了，我們不是說好，禁止談論這個話題嗎？」健介苦笑著說。

「但是，」我又接著說，「我想認真考慮我們的事。」

「妳還沒有放棄離婚的想法。」

我朝著正用筷子夾雞肉的健介點點頭。

「你還年輕……如果娶一個年輕的太太，還有機會再生孩子。這棟房子可以賣掉，或是房子繼續留著，我搬出去……。我覺得我們都要邁向新的人生。」

健介一直很想要孩子。好不容易生下陽太後，他溺愛到不行。原本很愛孩子的健介在陽太去世後，把愛投射在月月身上。

我認為如果要各自展開新的人生，就必須快刀斬亂麻。非這樣做不可。

「我充分理解妳的意思了，但很可惜，我不同意。趕快吃火鍋，不然沒辦法煮鹹稀飯。對我來說，吃完火鍋後的鹹稀飯才是重頭戲。」

健介很開朗，一如我剛認識他的時候。

我相信……一定是我變了。

「阿姨，妳可以讓開嗎？」

那個女生走下列車後，沒有走進候車室，直直走到我面前說。她就是幾天前，和我聊了幾句的中學生。

我滿臉錯愕，她指指我坐著的相聚椅。

「妳不是整天都霸佔這張椅子嗎？我也想坐，可以挪一下嗎？」

雖然她氣勢洶洶，但是低頭看著地上，長長的睫毛抖動，不停地眨著眼。我猜想她平時可能是一個文靜的人。

「啊……對不起。」

我正想站起來，她對我搖搖頭。

「只要挪一下，讓我有地方可以坐就行了。我猜我們的目的一樣。」

她在我旁邊重重地坐下後，就開始滑手機，好像我根本不存在。

目的一樣……？

「妳該不會也是……？」

雖然明知道不可能，但還是忍不住問。她聳聳肩。

「阿姨，妳也在等晚霞列車吧？」

「啊，是啊。」

「我就知道。我也是。」

「原來是這樣啊。」

態度傲慢的中學生。有點搞不清到底誰的年紀比較大。我輕咳了一下，挺直身體。

「妳從剛才就一直對著我叫『阿姨、阿姨』，太沒禮貌了。我也有名字……」

她猛然回過神，瞪大眼睛，立刻羞紅臉。

「對不起……。阿姨，啊，不，那個……。請問妳是？我叫紗枝，夏目紗枝。」

她越說越小聲，最後幾乎快聽不到了。

「我叫篠原優子。妳之前都在候車室吧？該不會在那裡等我離開？」

「對啊，但是阿——啊，不對，但是妳一直都不離開，所以我超火大。」

紗枝毫無懼色地說，我笑了。

如果她覺得我一直霸佔這張長椅，真是太抱歉了。

紗枝解開頭髮。

「沒希望了。」

她喃喃地說。我以為她在說我，但發現她的視線看向天空。

「我覺得今天也不會出現奇蹟。」

雖然是晴朗的天空，但是天空中有好幾朵雲在飄動。風很強，紗枝的長髮開始自由地舞動。

「我在想啊，」紗枝轉頭看著我，「天空中真的會完全沒有雲嗎？」

「雖然也有完全沒有雲的時候，但不見得會有晚霞。相反地，有時候晚霞滿天，卻有很多雲……」

每次來這裡，都覺得相信無人車站奇蹟的自己很悲哀。

明明知道不可能有奇蹟發生，但仍然忍不住來這裡，也許是想要逃避很多事。

「升上二年級後，會比較晚放學，到時候就很傷腦筋。」

「妳穿的是奧濱名湖中學的制服吧？這麼說，妳目前讀一年級。」

「我媽媽以前讀這所學校，她大力推薦，我只好考這所學校，但是每天從掛川去學校真的超遠。」

紗枝滿臉愁容，她的身後是向遠處延伸的鐵軌，鐵軌後方是被一片綠樹形成的綠色隧道。

「很快就是結業式了吧？」

「在結業式之前，還有期末考試，真是煩死了。」

如果陽太還活著，紗枝比陽太高一年級。現在的初中一年級學生看起來很成熟，不知道如果陽太還活著，會成為什麼樣的男生……

想起陽太天真無邪的笑容，悲傷湧上心頭。

「妳來寸座站多久了？」

我克制了內心的難過，努力露出笑容問她。

「聽到傳聞之後就來了，差不多三個月前。下雨的日子就不會來，不過，多雲的日子，有時候會突然放晴，所以我都會來，但只能等三十分鐘，到下一班車來為止。」

「我是從八個月前開始，雖然天空中有晚霞，不過沒有等到晚霞列車。」

我把不知不覺中發出的嘆息吞了下去，幸好紗枝沒有發現，她低頭看著手機。

兩個有相同目的的人，孤伶伶地坐在無人車站。頭頂上的天空漸漸變成藍色，濱名湖被染上淡淡的橘色。天空中聚集比剛才更多的雲，告訴我們今天也不會有奇蹟發生。

「星期三。」

紗枝看著手機，喃喃地說。

「寸座站在星期三的降雨機率是零，但沒有希望就不會失望。」

不知道紗枝想見到誰。

我無法開口問這個問題，紗枝就搭下一班列車離開了，我們甚至沒有說再見。

——我至今仍然記得那天的對話。

五年級開學典禮的早晨，陽太難得走進了廚房。他低著頭，坐在餐桌旁，手上拿著書包。

『小孩子會對父母些微的變化有敏感的反應，和小孩子相處時，要努力保持平常心。』

每次接受心理諮商時，心理諮商師都會一再提醒我，但那天我高興得忘乎所以。

『你要吃麵包嗎？要不要吃煎蛋？』

『……嗯。』

陽太沒有回答，瞥了一眼時鐘。原來他記得今天是開學典禮。光是這件事，就讓我樂不可支。

陽太幾乎沒有吃早餐，但把咖啡全都喝光了，然後以猶豫的眼神看著我。

『……我、有辦法去學校嗎？』

『當然可以，絕對可以。』

陽太一直低頭看著桌子。

一旦錯過今天這個機會，他更不會去學校了。無論如何都要讓他去學校。我滿腦子都只有這個念頭。

『一定沒問題，媽媽相信你一定能做到。』

拜託了，請你趕快點頭。我不自覺地探出身體。我怎麼可能保持平常心？

『如果感到不舒服，再回來就行了，媽媽陪你一起去學校。』

陽太聽我這麼說，終於搖搖頭。

『不用了，我可以自己去。』

看到陽太揹起書包，眼淚頓時奪眶而出，模糊了視野。

陽太沒有說『我走了』，就走出家門，我送他到玄關外，目送他走到街角，不，即使他的身影消失，我仍然站在門口。

那天的天空很藍，遠處的濱名湖很美。也許痛苦的日子到此結束了。

警方的一通電話，讓這種期待變成泡影。

這週週三時，我和美里相約一起吃午餐。

很久沒去的濱松車站變化很大。以前的雜貨店不見了，新開的麵包店感覺好像很久以前就一直在這裡做生意。原本是停車場的地方建了超市，『二十四小時營業』的文字很顯眼。

我們在車站大樓的咖啡店一邊吃午餐，一邊聊著往事，還有蓮花的事。在店員提醒我們『還有其他客人在等候』之前，我們有說有笑，我假裝很投入。

美里開車送我的途中，我看向天空，發現如紗枝所說，是晴朗的好天氣。今天或許值得期待。

「要在這裡下車嗎？」

美里在寸座站前停了車。

「嗯。」我點點頭，「我還有點事。」

那天之後，幾乎每天都會見到紗枝，我們像好朋友一樣，一起坐在相聚椅上等待晚霞出現，住在那附近的奶奶甚至以為我們是母女。

「謝謝妳送我，改天再約一起吃午餐。」

我準備下車時，美里嘟起嘴巴。我認識她多年，很清楚她做出這個表情時，就是有話想說。

我放下準備打開車門的手，美里沉默片刻，最後猶豫地開了口。

「晚霞列車的奇蹟……是不是差不多了？」

「……什麼意思？」

美里瞥了一眼寸座車站，然後悲傷地將視線移回我身上。

「妳不是相信那個可以再次見到故人的傳說嗎？」

「也不是說相信……」

我無法斷言，我並不相信。我來這裡的頻率的確增加了，因為對我來說，這可能是我見到陽太唯一的機會。

「我們是朋友，才會這樣勸妳，別再回顧過去了。不是快滿兩年了嗎？我希望妳和陪伴著妳的健介一起得到幸福，妳要努力回到現實世界。」

對我來說，陽太並不是過去。難道過了兩年，就必須忘記嗎？此時此刻在這裡，就是我的現實。

我絕對不能把內心想要說的話說出口。我不想傷害善良的人。

美里注視著陷入沉默的我，淚水在她眼眶中打轉。

「聽說妳跟健介提出離婚，真的有這回事嗎？」

喔喔，原來是這樣……。美里想要和我談這件事。

我靜靜地點點頭，美里眼中的淚水快流下來了。

「健介不是和我老公關係很好嗎？上次他喝醉酒，和我老公討論這件事。」

「……」

各種藉口像肥皂泡一樣浮現，但隨即無聲地破滅。

「為什麼要離婚？我當然能夠理解，陽太的事讓妳很痛苦。」

——沒有人能夠理解。

「但是，健介也很痛苦。既然你們是夫妻，就必須相互扶持。」

——沒有人能夠理解我的心情。

「如果你們離婚了，陽太會很傷心。」

——這種事，根本是天方夜譚。

只要把想說的話吞進肚子，我的心情就會輕鬆一些。

美里並不是在責備我，她是發自內心擔心我們。

所以，我必須微笑以對。

「對不起，讓妳擔心了，那時候腦筋一片混亂。」

我好像在遠處看著面帶微笑的自己。只要覺得自己是機器人，無論遇到任何事，都能夠若無其事地保持笑容。

「所以你們不會離婚，對不對？我們家的孩子好像也聽說了這件事，她嚇了一跳。」

「對不起，我以後不會再說了。」

美里終於放下心來。我道謝後下車，向她揮手道別，目送她的車子爬上坡道，過了斑馬線。

快要傍晚了，氣溫突然下降，感覺有點冷。
紗枝已經坐在相聚椅上。她像往常一樣滑著手機，瞥了我一眼。
「今天來得比較晚。」
「沒想到妳今天這麼早。」
我在她身旁坐下，她把手機放進背包，坐直身體。
「天氣太好，我就翹課了。」
「啊？真的嗎？不可以這樣。」
紗枝看到我皺起眉頭，呵呵笑了。
「開玩笑啦，我花了一百圓向同學借了腳踏車，一口氣騎到車站，搭到了前面那班列車。」
「你不要嚇我。」
「優子阿姨，你太嚴肅了。」
現在的中學生……。我會有這種想法，就代表我已經上了年紀嗎？
遼闊的天空一片橘色，好像燃燒的火焰。濱名湖邊緣的薄雲，好像快消失了。

「今天可能會有奇蹟發生。」

紗枝的眼睛和湖面一樣閃閃發亮，看起來很耀眼。

這幾天，雖然我們都坐在一起，但是從來沒有提起各自渴望的奇蹟，只是有一搭沒一搭地聊天氣的事，和當天發生的事。

「啊，是咕嚕。」

紗枝發現咕嚕在月台角落，興奮地叫了起來。咕嚕正忙著專心梳毛，根本沒有看我們。

「妳在的時候，牠真的不會過來。」

紗枝說，她獨自在月台的時候，咕嚕會坐到她腿上。

「我家的狗也一樣，完全不會靠近我。可能動物都討厭我。」

「啊？妳家有養寵物嗎？」

「有養黑色柴犬，雖然很可愛，但很少靠近我。」

「會咬人嗎？」

「不會咬人，但無論我餵牠吃飼料，或是帶牠去散步，牠都一副勉強配合的樣子，如果想要摸牠，牠馬上就逃走。」

我鼓起臉頰說，紗枝笑了起來。

「有太多新資訊了，那妳已經結婚了嗎？我們很少聊彼此的事，我完全不知道。」

「我們之前都不聊這方面的話題。」

我們只是一起坐在相聚椅上，但是都在等待相同的奇蹟。

「我說……」我說到一半，又閉上了嘴，紗枝似乎猜到了我想說什麼，點點頭說：

「好啊。」

「我都還沒說呢。」

「妳想說，我們來聊各自的情況，不是嗎？學校上課時提到了『相互理解』之類的詞……，我忘了正確的說法，反正就是這個意思。」

我一直以為青春期的孩子不喜歡談論自己。陽太以前對我無話不說，但是把自己關在房間之後，就很少說話——

「那我先說。」

紗枝的話打斷內心的回憶。她揚起下巴，看著天空。

「我媽媽在半年前死了。」

她的話太出乎意料，我不由得心跳加速。

「我們以前感情很好，但是她越來越囉唆，一下子要我注意說話的態度，一下子又擅自幫我決定要考哪一所中學。起初我都乖乖聽她的安排，但是最後忍不住整天和她吵架。媽媽生病住院之後，變得比以前更囉唆了。」

紗枝把長髮夾到耳朵後方，低頭看著下方。

「我現在當然知道，因為她知道自己即將離開這個世界——即將離開我，才會那麼囉唆，但是她直到最後，都一直騙我『媽媽很快會好起來』，還和爸爸串通——」

紗枝的母親即將離開人世，因此更想要盡身為母親的責任。雖然我從來沒有見過她的母親，卻完全瞭解她的想法。

「聽說晚霞列車的傳聞後，我就決定要見媽媽，好好埋怨她。」

「埋怨？」

「對。」紗枝重重點頭，「她隱瞞病情，讓我超火大。如果我知道實情，就會更常去醫院探視她，陪她聊天。我絕對不原諒她當時騙我說，她很快會好起來。」

紗枝說完這句話，害羞地笑笑。

「我和媽媽大吵一架的一個星期後，她就死了。我們沒有和好，沒有說再見。」

紗枝一定勉強擠出臉上的笑容，她努力克制聲音發抖，她一直在忍耐。

我毫不猶豫地握住她的手。

「欸，妳認真？」

雖然紗枝逞強地這麼說，但是並沒有甩開我的手。

這麼年輕的孩子正在努力故作平靜。我覺得在她身上看到了自己。旁人絕對一眼就可以看出在逞強。

我也要如實說出內心的想法。

「我的情況是……我兒子死了。」

「我之前就猜到了。」

我試著面對壓抑的感情，發現理不出頭緒的漩渦在內心翻騰。

「他叫陽太……事情是在小學五年級開學典禮的那一天。自從陽太的奶奶去世之後，他就越來越悶悶不樂，經常沒辦法去學校上課，在學校有一些霸凌問題。」

「這樣啊。」

「但是，他在開學典禮那一天，主動說要『去學校看看』。我樂不可支，說了很多激勵他的話……」

我已經回想過幾百次，不，幾萬次當天的一切。當時覺得是為他好的那些話，是不是反而把他逼入絕境？

如果可以回到那一天，我會緊緊抱著陽太，不讓他去任何地方。我真想殺了對他說『路上小心』的自己。

「陽太……走到了學校門口，突然轉身跑向公車站。當他急急忙忙走在斑馬線上時，一輛車子——」

感情一旦釋放，就很難繼續對抗。我有些呼吸困難，看著紗枝。

「陽太健健康康地出了門，回來時卻變成再也無法動彈的遺體。我沒辦法相信，但這一切都是真的。」

紗枝什麼話都沒說。

「說起來很不可思議，我和陽太的時間停在那一天，但日子仍然一天一天過去。我的丈夫和朋友都很擔心我，周圍的人很關心我，但是沒有用，沒有了陽太，如果不是陽太，就沒有用……」

右手突然感受到溫度，這次是紗枝握住我的手。

「雖然我知道說這種話根本沒有意義，但我還是要說。我完全能夠體會。」

「……嗯。」

「但是，那些人絕對無法體會。」

紗枝用鼻孔噴氣。我看著她，她說的『那些人』是指誰？

「就是那些提供幫助的人，兒童什麼中心的人有時候會來家裡，把『心理關懷』或是『支持』之類的話掛在嘴上，完全搞不懂是什麼意思？好像在說我很軟弱。」

紗枝表達不滿，我點點頭。

「我也這麼覺得。」

那些關心我的人都很善良，但是，每次他們關心我，我就覺得他們在說我很軟弱，讓我覺得自己需要別人的幫助。

「我覺得啊，」紗枝靜靜地說，「我們等不到晚霞列車，會不會是因為我們沒有資格？」

「……資格？」

「嗯。」紗枝點點頭，直視著我的眼睛說：「媽媽死了之後，我根本哭不出來，妳剛才在說這些傷心事時，完全沒有流眼淚。」

「妳說得對，我覺得自己變成了機器人。」

「什麼機器人啊，」紗枝似乎覺得很好笑，放聲笑道。「妳的比喻太老套，氣氛都沒了，如果要說的話，應該說AI啊。」

「說AI反而沒有感覺，我的年紀都可以當妳的媽媽了，我們的感覺難免會有差異。機器人不是沒有心嗎？雖然身體會動，但是沒有感情。」

「這不就是AI嗎？」

「也對喔。」

我們都笑了，我想到一件事。

「我想是因為我們還不願意接受『和心愛的人離別』這件事，所以哭不出來，也許是那股不願承認的心情太強烈了。」

到了現在，我仍然不願意承認。如果眼淚可以讓陽太回來，無論流多少眼淚都甘願，只不過根本不可能有這種事。

「我也不願意接受這樣的命運，但是，如果能夠見到媽媽，那我就認了。」

我們互看著彼此，然後不約而同地點點頭。

我突然想起村上先生之前對我說的話。沒錯，一定是我還沒有做好和陽太見面的準備。

我想見到陽太，想要見到他，讓時間回到以前，但也許接受沒有陽太的世界，才是重要的事。

和陽太生活在一起的日子不會回來了。雖然我的腦袋知道，但是我的內心無法接受。我曾經接受心理諮商，參加過失去孩子的父母的團體治療，但始終有一種事不關己的感覺。

「紗枝，我可能要哭了。」

「嗯。」

紗枝的聲音同樣顫抖。她的淚水在眼眶中打轉，她正在慢慢接受她所愛的母親離世的事實。

其實我早就知道不可能回到往日的生活，雖然我無法克服悲傷，但必須接受陽太的死。

得知懷孕那一天。第一次聽到陽太呱呱墜地的聲音。幼稚園的遊戲會。

不，在平凡的日常生活中，充滿了無數的回憶。

重要的生命從這個世界消失了，像太陽般綻放溫暖又溫柔光芒的陽太，已經離開了。

腹底深處的煩悶經過胸口、喉嚨，進入鼻子，變成淚水，順著臉頰滑落。

我想見到陽太，我想見到你。

我之所以會相信沒有人見過的奇蹟，是想見到陽太後，當面向他道歉。對不起，我是不合格的媽媽。對不起，我沒辦法保護你。

在我身旁忍著眼淚的紗枝，背負著同樣的悲傷。

我們情不自禁地抱在一起，哭了很久，淚水仍然流不停。

啊啊，原來我並不是機器人。我可以感受到臉頰上淚水的溫度，可以感受到風的寒冷。

當我們終於鬆開彼此時，不約而同地相視而笑。

「感覺好像剛游完泳，好想睡覺。」

紗枝打著呵欠，看著天空，發出「啊」的叫聲。

「今天也看不到晚霞列車了。」

聽到紗枝的嘀咕，我看向天空。天空中飄了好幾朵雲，好像在為晚霞天空畫上圖案。

即使如此，這片天空仍然比平時更美。

聽到敲門聲，我醒了過來。我還來不及回答，門就打開了，走廊上的燈光照進昏暗的房間。

「感覺怎麼樣？」

映入眼簾的黑色輪廓是健介。

我的扁桃腺發炎，持續發燒三天。我測量體溫後，發現已經退燒了。

「好像沒事了。」

好幾天沒有說話，我試著開口說話，發現喉嚨也不痛了。

「現在幾點？」

「晚上九點，我端了粥給妳。」

我用遙控器打開燈，發現他穿著西裝，手上端著托盤。托盤上放著小砂鍋、飯碗和筷子。

「是健介你煮的嗎？」

「我也希望是，是美里和她老公送來的，啊，但是我有熱一下。」

我坐起來，健介把裝粥的碗放在床頭櫃。粥冒著熱氣，表面凝固了一層好像漿糊般的東西。

「好像有點加熱過頭，我剛才偷吃了幾口，味道很不錯。咦？你怎麼也跑進來了？」

健介對走進房間的月月說。我以為月月想吃粥，沒想到牠把前腳放在和粥相反側的床頭櫃上，我摸摸牠的頭，牠高興地搖著尾巴。

「牠怎麼突然和妳這麼親近？」

「牠知道我身體不舒服，白天的時候進來看我好幾次。」

月月從昨天開始，竟然向我撒嬌。

「心情好複雜啊。」健介搞笑地說，我忍不住笑了。

八成是因為我稍微能夠表達內心感情了。

「月月，等我身體好了，帶你去散步。」

月月聽到散步這個關鍵字，立刻用力搖著尾巴。每次月月進來房間，我叫牠的名字時，都會想到一件事。

「我覺得月月的名字和陽太的名字有點像。」

「陽太像太陽一樣，就叫陽太，月月是月亮……雖然很沒有創意。」

「……對不起。」

我用力抓著被子，把內心的想法說出來。

「健介，對不起，之前對你說了那麼奇怪的話。其實我並不想和你離婚，只是希望你可以再當一次爸爸……」

「我知道。」

他溫柔的聲音讓我潸然淚下。感情一旦釋放，就失去控制。那天之後，我整天都在流淚。

健介把托盤放在一旁，緊緊抱住我。

「沒關係，我很高興妳終於願意說出這些話。」

我把臉埋在健介的胸口，那天的悲傷一口氣撲向我。

「是我害死陽太，是我把他逼得太緊，他才會——」

「不，不是妳想的那樣。」

「雖然陽太說他要去學校，但是我應該發現他很勉強，我為什麼當時沒有對他說，『不去上學也沒關係』？我明明是他的母親，卻好像害死了他——」

我說到這裡，健介抓著我的肩膀，把我從他身上拉開。健介直視我的雙眼也被淚水濡濕了。

「開學典禮的前一天，我也摸著陽太的頭說『加油』，他當時沒有吭氣，只是點點頭，他一定覺得失去依靠。我一直在自責。」

健介沒有擦掉流下的眼淚，繼續說。

「聽說在上學的路上，四年級時和他同班的同學對他說『你回來了』、『大家都很開心』。站在校門附近的班導師向陽太揮手，他們都為陽太的死而自責。」

原來還有其他人因為陽太的死而痛苦……。我忍著淚水，搖搖頭。即使如此，罪孽最深重的人是我，是我這個母親。

健介放在我肩上的手更加用力。

「陽太被大家的溫柔嚇到，然後就逃走了，結果剛好有一輛車子開過來。」

「有人覺得他是自殺。這……太過分了。」

「會嗎？」

健介淚流滿面，但仍然笑著說：

「只要我們知道真相就好，這樣就足夠了。」

「……健介，你為什麼可以這麼堅強？」

看到健介立刻低下頭，我恍然大悟。健介並不堅強，他只是努力振作，不讓自己崩潰。

他只是故作堅強，想要激勵我。

「我也很難過，每天都悲傷得心都快碎了，陽太離開了我們，難過很正常。」

健介淚流不止，皺著眉頭說：

「但是，看到妳痛苦得無法自拔，我更加難過。每次看到妳強顏歡笑，就覺得無法幫到妳的自己很沒出息。」

「才不是這樣，如果沒有你，我一定——」

就算從沒想過要死，我的生命，或許早已悄無聲息地消逝了。

「妳和陽太是我唯二的家人，不會改變，不要再說離婚這種讓我痛心的話了。」

「嗯。嗯……」

「即使陽太不在了，他仍然是我們的寶貝兒子，現在又多了月月。」

月月應該聽不懂健介在說什麼，但是牠在房間內跑來跑去。

「我已經沒問題了。」

我擦著眼淚對健介說，健介握住我的手。

「之前就沒問題。妳有沒有發現，沒問題的日文漢字『大丈夫』這三個字中，有三個『人』。除了我和妳以外，還有美里和她老公，大家相互扶持，所以，是『大大大丈夫』，也就是絕對沒問題。」

雖然我不太瞭解他的邏輯，但我知道他在努力安慰我。健介也很痛苦，但我都一直依賴他。

「吃晚餐了嗎？」

「還沒有。」

「那我們一起吃，只要用微波爐加熱一下冷凍食品，馬上就可以吃了。」

健介看到我下床，露出欣慰的笑容，然後去換衣服了。

我對著他的背影再次道歉。

我覺得接受了陽太死去這件事後，的確又看到了新的風景。

但是，但是……我還是很想見到陽太。

我想緊緊擁抱他，只有一次也好。

來到久違的寸座車站，天空是一片前所未見的晴朗。

我坐在相聚椅上，看著遠方飛翔的鳥。真希望陽太也能夠像這樣自由地在天空翱翔……

昨天晚上，和健太一起看了陽太的照片和影片，終於能夠正視過去了。雖然回憶的旅程一開始很痛苦，但中途之後就感到懷念，很自然地露出笑容。

雖然我只能慢慢改變，但是我希望可以接受未來的每一天。這是為了陽太，也是為了關心我的所有人。

這是我第一次產生這樣的想法。

聽到車子停下來的聲音，轉頭一看，一輛從來沒有見過的黑色轎車停在路旁。駕駛座旁的玻璃反光，看不到車上的人。

一定是來車站接人。

這時，後車座的門打開，下車的人——是紗枝。

我大吃一驚，紗枝露出從未見過的燦爛笑容走過來。

「我等到了。」

紗枝在說這句話的同時，淚水流下。

「啊……」

「我等到了晚霞列車，我就是來告訴妳這件事。」

我驚訝得說不出話，紗枝用力握住我的手。

「前天傍晚，天空完全沒有雲，然後就出現了，晚霞列車出現了！」

「見到……妳媽媽了？」

我口乾舌燥，無法順利發出聲音。

「對啊。」紗枝點點頭，沒有擦拭臉上的淚水，開心地笑著。

「我想應該是因為那天我們聊了那些事，我們接受了現在的自己。」

「媽媽跟妳說什麼？」

「她臭罵了我一頓，數落我的生活態度，還有功課的事，和家事的問題，但是還有更多的稱讚，她緊緊擁抱我。」
啊啊……。我高興得快哭了。
紗枝，太好了。見到媽媽真是太好了。
紗枝用手帕擦拭淚水，泣不成聲。
「所以，妳一定可以見到陽太，今天天氣太棒了。我想讓妳還抱著希望，特地請爸爸趕在晚霞前送我過來。」
車子在不知不覺中已經掉頭，停在馬路對面稍遠的位置。
「我終於把自己的想法告訴了老公。」
紗枝聽了這句話，臉皺成一團，眼淚又流下。
「那一定沒問題，我會向晚霞祈禱，下次再請妳告訴我。我之後要去之前一直蹺課的補習班，可能沒什麼機會見到妳。」
「我知道了，妳要加油。」
「嗯，再見。」
紗枝轉身離開，我叫住她。

「妳覺得見到媽媽是好事嗎？」

紗枝伸出右手，比了一個大大的勝利手勢，留下可愛的笑容，回到車上。

相聚椅上已經有客人了。

黑貓咕嚕蹲在長椅上，注視著漸漸靠近的我。我在牠旁邊坐下後，牠站了起來，然後坐在我的腿上。

晚霞滿天，橘色的漸層一直延伸到地平線，濱名湖閃著金光。

眼前的景象圍繞著我。這是我第一次帶著如此平靜的心情坐在相聚椅上。

咕嚕在我的腿上伸了懶腰之後，頭也不回地離開。

「咕嚕。」

就算開口呼喚，牠的身影也早已不見蹤影。

這時，我發現有人從月台角落走過來。年輕男人穿著深藍色西裝，看到胸前繡的字，我立刻知道了。

在無人車站的傳說中，的確有一名站務員進行引導。

「你是站務員……？」

「我姓三浦。」他鞠了一躬。

夕陽太刺眼，我看不到他的表情。

「請問……」

「我負責為來到這裡的各位進行最後的引導，但是妳似乎不需要。我可以感受到，妳真心相信傳說。」

夕陽可能下山了，我終於看清三浦平靜的神色。

「我相信。」

「只能見到一次，只有到晚霞從天空消失為止的短暫時間。」

「我知道。」

不可思議的是，起初聽到晚霞列車的傳說時，覺得怎麼只有這麼短的時間，太不合理了。只要能夠親手抱著陽太，我會帶著他一起逃到黑夜的盡頭。

但是，現在的想法不一樣了。

「我無論如何，都有話要對他說。」

天空灑下了金光，像雨又像雪，籠罩了這個世界。

之前等不到晚霞列車，是因為我無法接受陽太的死，在許許多多人的幫助下，我好像終於從漫長的沉睡中甦醒了。不，說句心裡話，我仍然有想要留在夢中的想法，但是，我差不多該醒了……

「列車即將進站。」

順著三浦的視線望去，看到了鐵軌的前方。

綠色隧道發出耀眼的光芒後，一輛列車現身。

「啊啊……」

光芒萬丈的列車，就是晚霞列車。晚霞列車融化橘色世界，發出煞車的聲音。

列車在月台停下，車門打開，一個黑影走到月台上，同時向我跑來。

「陽太……陽太！」

我一看到輪廓就認出來。陽太穿著那天出門時穿的衣服，一看到我就哭了。

「陽太！」

我緊緊抱著他的身體，嗅聞著他的味道。

「啊啊，啊啊……」

我說不出話，摸著陽太的身體確認。我一次又一次撫摸著他，很擔心他就這樣消失。

「媽媽……」

相隔這麼久，終於再次聽到陽太的聲音，讓我的淚水不停地留。

我輕輕推開他，想要好好看他的臉。陽太害羞地低下頭。

眼淚不停地流，簡直就像全身的水分都變成眼淚。我一個勁地哭。之前還想著一旦見到陽太，有很多話要告訴他，但現在什麼話都說不出口，只是不停地流淚。

「媽媽，媽……媽，我跟、妳說……」

陽太泣不成聲，但拚命想要說話。

「嗯，你要說什麼，媽媽會聽你說。」

我撫摸陽太的頭，他用袖子擦著眼淚。

「對不起，我讓媽媽傷心，惹了很多麻煩……對不起。」

陽太哭著說，我搖搖頭。

「媽媽才要說對不起。媽媽明明很愛你，卻一直逼你去學校……是媽媽逼得你走投無路。」

這個世界因為有陽太才很溫暖；因為有陽太，所以充滿光明。

「不是這樣，是我的錯。我雖然去了學校，但突然害怕了。」

「陽太……」

「媽媽，我不能再回家了，不能再回到爸爸和媽媽身旁了，我死了……」

陽太流下豆大的眼淚，我無言以對。我想和他一起嘆息，想和他一起逃去某個地方。

我輕輕撫摸陽太的臉頰，用指尖擦拭他的眼淚，許許多多的回憶浮現在腦海。我終於瞭解到，平淡的日常是多麼值得珍惜。

我無法看到陽太的成長。

無法陪伴他長大成人。

但是，如果身為陽太的母親，能夠為他做任何事，我都義不容辭。

「陽太，不要哭。」

「但是……」

「還記得嗎？你在一年級的運動會接力賽上，得到了第一名。這次也一樣，你比爸爸、媽媽更早抵達終點。」

我咬緊牙關，對他笑了。這和之前硬擠出來的假笑不一樣，而是發自內心為了他，為了今後的自己而笑。

「爸爸、媽媽以後也會抵達終點去找你，希望你等到那一天。」

我看著陽太強忍著淚水的臉。希望他可以聽懂這番話，希望這番話能夠打動他。

「你並不孤單，爸爸和媽媽隨時都想著你。」

「爺爺和奶奶都這麼說。」

「沒說錯吧。」我點點頭，陽太終於放鬆下來。

「媽媽向你保證，一定會努力過每一天，一定會去找你，到時候，我們一家三口再好好聊天。」

「……嗯，我們說好嘍。」

他這麼小的年紀，就努力想要理解我。我任憑眼淚流下來，再次緊緊抱著陽太。

我終於知道了，母親對心愛的孩子唯一的心願，就是希望他得到幸福。既然無法改變命運，至少希望他能夠有笑容，希望他帶著平靜的心情，等待我們重逢的日子。

「媽媽會努力，所以，所以……你要等媽媽。」

我努力擠出最後一句話，陽太輕輕點點頭。

我猛然發現，周圍變暗了。藍色支配了天空，濱名湖和天空的交界處，只剩下一抹金色。

我離開了原本緊緊抱著的陽太，握住他的手。

來到車門前，陽太不安地抬頭看著我。我撫摸著他一頭柔軟的頭髮，陽太在車內光芒的引導下，走進車內。

我很希望可以陪他一起離開，但是，我希望在最後一刻，仍然能夠讓他看到我身為母親的堅強。

「你知道沒問題的漢字是『大丈夫』嗎？」

「嗯，我知道。」

「那你知道大丈夫這三個漢字中，有三個『人』字嗎？也就是說，三個人相互扶持，就沒問題。你和爸爸、媽媽三個人在一起，就一定沒問題，而且，你還有爺爺和奶奶，所以有滿滿的沒問題。」

沒錯，一定沒問題。

陽太用指尖在半空中寫了這三個漢字後，笑著說：

「原來是這樣，那我會努力。」

——我不行了。

強忍的淚水像潰堤般流下，我痛苦不已，感情幾乎失控。我還是很想陪在陽太身邊，很想對著他大喊『不要走』。
但是，陽太露出笑容，我也要保持笑容。
「媽媽，我有一句話要跟妳說。」
陽太對著拭淚的我，輕輕舉起右手。
「我出門了。」
「陽太……」
「那一天，我沒有說這句話就去上學了。」
陽太靦腆地笑著，我對著他不停地點頭。
「謝謝，你路上要小心。」
車門關上，列車立刻啟動了。
我追著列車跑，陽太的身影仍然漸漸遠去。
「陽太，陽太！」
我用力揮著手，直到向我揮手的陽太消失。
陽太，謝謝你，謝謝你來當我的兒子。

列車的燈光好像融入夜色般消失後，無人車站沉浸在夜幕中。周圍雖然一片黑暗，我仍然不會感到寂寞。

和陽太再次相見的那一天。在那一天之前，我要建立很多到時候可以笑著和他分享的回憶。

我知道一件事，從今以後，我再也不會在夜晚感到孤獨。

我們坐在相聚椅上，春風吹在我們身上。

「啊啊，櫻花在轉眼之間就凋零了。」

紗枝一臉無趣地嘟著嘴。

「這陣子一直都下雨嘛。」

難得的晴朗午後，天空和濱名湖呈現相同的顏色，連成一片。

「優子阿姨，這是畢業證書嗎？妳參加了畢業典禮嗎？」

「是啊，那個儀式很棒，我老公在畢業典禮上放聲大哭，我覺得好丟臉。」

「哈哈，雖然我從來沒見過他，但是能夠想像。」

紗枝呵呵一笑，我很自然地露出笑容。

「紗枝，恭喜妳順利升級。」

「我覺得好像變老了。」

紗枝嘴硬的態度還是和以前一樣。

「妳也等到了晚霞列車，真是太棒了。」

「是啊。能見到那孩子，到現在我還是覺得開心得不得了。啊，我不行了，我又要哭了。」

我擦拭著眼角，紗枝呵呵笑了。

「有什麼關係嘛，想哭就哭，這就是人啊。」

「妳機靈過頭了。」

紗枝是我在無人車站結識的、很神奇的朋友。失去親愛家人的經驗，讓我們走到了一起。

目送紗枝離開後，我又坐在相聚椅上。

「陽太。」我呼喚著心愛的名字，「媽媽雖然有時候還會哭，但是我很努力。」

我漸漸學會了不逞強，活出自我。

也許這才是無人車站的奇蹟。

「沒問題，沒問題。」

我嘀咕的聲音飄向天空，一定可以傳達給在天上等待我們的陽太。

我會努力活好每一天，遵守我和陽太之間的約定，直到再次相見的那一天。

尾聲

關了店招牌的燈後，一片黑暗的濱名湖完全隱入黑暗之中。我的海洋咖啡店是這一帶唯一有光的地方，我也忘了自己經營這家店多少年了。

我很少主動告訴店裡的客人晚霞列車的事，知道那個傳說的人並不多。

今天白天的時候，天空中完全沒有雲，不知道有沒有人等到了晚霞列車。

起初聽到那個傳聞時，我並不相信。在放晴的日子，晚霞列車會帶來奇蹟。即使不曾親眼目睹，我也覺得這個世界上會發生一些不可思議的事。

我看著放在吧檯下方的妻子照片。

「我會繼續努力。」

我說完這句話，感覺照片中的妻子對我一笑，實在很不可思議。

關了店裡的燈，走上通往寸座站的坡道。這一帶沒什麼路燈，手電筒是必需品。

三浦站在末班車已過的寸座站。

「你好。」

他向我打招呼，但是他究竟是誰？雖然我向來不多問別人的事，但是等到晚霞列車的人，都說遇到了三浦，我猜想他可能像是晚霞列車的引導人。

「晚霞列車今天沒有出現嗎？」我問。

「對。」三浦點點頭說，「老闆，你是不是也差不多了？」

「我還早呢。如果哪一天，海洋咖啡店結束營業，到時候會想見我太太一面。否則在這種半吊子的時候見到她，她一定會數落我。她從以前就整天數落我。」

我開玩笑說，三浦在黑暗中笑了，然後指向黑色的天空。

「明天也是晴朗的好天氣。」

「這樣啊，如果有人問我，我就會告訴他們，你放心吧。」

「麻煩你了。」

我用自備的濕毛巾擦擦相聚椅，我恐怕要很久以後，才會坐在這張椅子上。

以前，妻子曾經在這個月台撿了一隻黑貓回家，那天之後，咕嚕就成為家裡的一分子。

妻子在去世之前，很擔心我和咕嚕，我偷偷帶咕嚕去醫院探視時，她喜極而泣……。最後，她對咕嚕說：

『要好好保護主人。』

冷風吹得月台角落的花用力搖晃，三浦不知道什麼時候不見了。我覺得這個年輕人很不可思議。

「搞不好咕嚕就是三浦。」

我當然知道不可能發生這種脫離現實的事，但是，正因為當事人有需要，才會發生那些無法用巧合或是奇蹟的文字來形容的事。晚霞列車的出現，帶給那些內心充滿悲傷的人，繼續活下去的勇氣。

我再次仰望天空，無數星星在天空閃耀。

晚霞列車明天也會完成某個人的心願。

後記

我移居靜岡縣濱松市，已經很多年了。

我從小在奈良縣出生、長大，大學時代，在岐阜縣生活。因為幾個巧合，和「現在回想起來」的必然，才第一次搬到海邊的城市生活。

濱松市氣候宜人，也很少下雪。遠州乾寒強風吹在臉上很冷，但是這裡的人和氣候一樣，都很親切溫暖。

五年前，我踏入文壇，成為小說家。那時候完全沒有想到，能夠發表這麼多作品。當時我只能在工作的空檔寫作，但奇怪的是，從來不曾感到痛苦。

每逢假日，我就去縣內各種地方。靜岡縣是東西向瘦長形的地形，即使在同一個縣內，不同地方的氣候和食物很不相同，經常帶給我很多新發現。

伊豆市的金目鯛、島田市的蓬萊橋、川根本町的饅頭、御前崎的海岸，喜歡的地方和喜歡的食物持續增加，但是如果有人問我最喜歡的地方，我十之八九會毫不猶豫地回答「天龍濱名湖鐵路的寸座站」。

位在高地上的寸座站是沒有站務員的無人車站，月台角落有一張似乎被人遺忘的長椅，巨大的藍天佔據視野的上半部分，低頭看向下方，一片濃濃藍色的濱名湖在太陽下熠熠閃亮，和天空的界線變得朦朧。

當夕陽漸漸沉落，天空被染成一片橘色。晚霞支配了整個世界，綻放出金色光芒。季節更迭，人生持續變化，但寸座站始終用相同模樣療癒我。

「在這片天空下，如果有奇蹟發生，並不會令人驚訝。」

這個想法成為我創作這部作品的契機。

每個人在人生道路上，都會失去重要的人。可能是朋友，也可能是家人，或是心愛的人。昨天還在一起的人，今天可能就離開了，讓人無法繼續前進，或是以為自己在向前邁進，其實卻在原地踏步。

我曾經有過相同的經驗，不知道自己是否正在向前邁進。我相信這是我才能編織的故事。

踏入文壇五年，我由衷地感謝能夠以我喜愛的濱松市內最愛的地方，作為故事的舞台，創作出這部作品，萬分感謝在創作過程中，提供協助的天龍濱名湖鐵路單位，以及海洋咖啡店。

很希望各位有機會搭天龍濱名湖鐵路，造訪寸座站。

希望有朝一日，你也能親身感受晚霞列車的奇蹟。

二〇一九年八月

戌淳於海洋咖啡店窗邊的座位

文庫版後記

感謝各位讀者閱讀文庫版《在無人車站等你》。

這部作品，是我踏入文壇五週年時，把醞釀已久，之前一直想寫的故事集結成冊，作為自己的五週年紀念作品。在不同的故事中，有從高中生到六十五歲等不同世代的主角，每一章都是一個新的故事，當時的我第一次寫這種連續短篇小說，但是我很珍惜那段寫作的時光，完成之後，甚至忍不住覺得有點寂寞。

回首往事，會發現人生中有某些轉捩點。二十多年前發生的一件事，就成為我人生的轉捩點。只要回想起這件事，至今仍然會心潮起伏，在遭遇那件事之後，我身心俱疲，就像「行屍走肉」般移居到靜岡縣濱松市。當時，完全沒有想過要成為作家，每天努力生活，試圖藉此將過去的殘像趕出腦海。

在新的土地上遇到的人拯救了我。當地特有的方言很溫柔，我也結交到很多好朋友，我終於漸漸找回自我。

這片土地的美景也帶給我莫大的救贖。奧濱名湖壯闊美麗，有時候又是寂寞、溫柔的地方。尤其是天龍濱名湖鐵路的寸座站，持續療癒我的傷痛。

感謝讀者的支持，我進入文壇已經邁入第十年，強烈希望這部心愛的作品能夠送到更多讀者手中，因此這次推出了文庫本。

這次為本作品推出實業之日本社，以及二〇一九年推出單行本的起點出版社都提供了莫大的協助，從單行本到這次文庫本發行，中間相隔了三年半，負責編輯、封面和裝幀設計竟然都是同一批工作人員，這真的是奇蹟，我認為是這部作品的幸福能量。我由衷地感謝負責編輯工作的篠原老師、封面插圖的Fusui老師，和裝幀設計的西村老師。

在這次推出文庫本時，增加了新創作的「第六回」，這是能夠增加充分呈現我目前狀態的故事，讓我再次感受到身為小說家的莫大喜悅。

這部作品，是我用心寫給你的信。

很希望各位閱讀本書後，有其中一位主角，或是其中的某一句話，能夠在你感到痛苦的時候，帶給你抬頭仰望天空的力量。

如果有一天，我們有機會相見，我想聽聽你的故事。

二〇二三年四月

戌淳　於寸座站的相聚椅

春日
ハルヒブンコ
文庫
171

在無人車站等你

無人駅で君を待っている

在無人車站等你 / 戌淳作 ; 王蘊潔譯. -- 初版. -- 臺北市 :
春天出版國際文化股份有限公司, 2025.07
面 ; 公分. -- (春日文庫 ; 171)
譯自 : 無人駅で君を待っている
ISBN 978-626-7735-19-0(平裝)

861.59 114007449

ISBN 978-626-7735-19-0
Printed in Taiwan

作　　者　戌淳
譯　　者　王蘊潔
總 編 輯　莊宜勳
主　　編　鍾靈

出 版 者　春天出版國際文化股份有限公司
地　　址　台北市大安區忠孝東路4段303號4樓之1
電　　話　02-7733-4070
傳　　眞　02-7733-4069
E－mail　bookspring@bookspring.com.tw
網　　址　http://www.bookspring.com.tw
部 落 格　http://blog.pixnet.net/bookspring
郵政帳號　19705538
戶　　名　春天出版國際文化股份有限公司
出版日期　二〇二五年七月初版

定　　價　520元

總 經 銷　楨德圖書事業有限公司
地　　址　新北市新店區中興路二段196號8樓
電　　話　02-8919-3186
傳　　眞　02-8914-5524
香港總代理　一代匯集
地　　址　九龍旺角塘尾道64號 龍駒企業大廈10 B&D室
電　　話　852-2783-8102
傳　　眞　852-2396-0050